續（ゾク）・終（オワリ）物（モノ）語（ガタリ）

西尾維新
NISIOISIN

BOOK & BOX ORIGINAL DESIGN by VEIA

BOOK&BOX DESIGN
VEIA

ILLUSTRATION
VOFAN

最終話 曆・反轉

最終話　曆·反轉

H AC HIKUJI MAYOI

001

如各位所知，關於阿良良木曆的物語已經宣告終結。這部分沒什麼需要特別補足的地方。畢竟各方面都解決了，各方面都沒解決。雖然也有一些課題留到將來，物語告一段落卻也是不爭的事實。如同有光就有影，有開始就有終結。而且有終結也會有新的開始。不過有影不一定有光就是了。在這種狀況或許不應該說是「影」，應該說是「闇」？總之無論如何，既然伸手不見五指，就代表「闇」存在於該處吧。

話是這麼說，不過「終結比開始難」是世間常理，一時抱著輕鬆心態開始的事物，在終結時必須付出的勞力可不是三言兩語足以形容的。實際上我也一樣，從春假抱著輕鬆心態拯救瀕死吸血鬼而開始的種種物語，我抱著必死的決心才得以打上終止符。應該說我真的死了好幾次。我的手法絕對稱不上高明，也完全稱不上是完美收場，不過只有一件事可以確定，那就是阿良良木曆的這段時代閉幕了。

即使犯下諸多錯誤，也只有這件事可以確定。

確定沒錯。

毋庸置疑。

所以，接下來開始的是「終結」的後續。
本應不存在的世界觀。不可能存在的未來。
吸血鬼的渣滓——忍野忍。
被貓迷惑的班長——羽川翼。
被重蟹夾身的少女——戰場原黑儀。
因為蝸牛而迷路的幽靈——八九寺真宵。
向猿猴許願的學妹——神原駿河。
吞噬纏蛇之蛇的蛇——千石撫子。
遭受蜂螫的妹妹——阿良良木火憐。
不死鳥的化身——阿良良木月火。
屍體人偶——斧乃木余接。
歸來的兒時玩伴——老倉育。
專家們——放浪中年人忍野咩咩、騙徒貝木泥舟、暴力陰陽師影縫余弦、專家總管臥煙伊豆湖、人偶師手折正弦。
以及忍野扇。

他們與她們的物語——的後續。

真要說的話像是附錄，不過附錄也不容小覷。因為人們從敗北學到的東西會比勝利來得多。

所以，我就好好虛心受教吧。

002

隔天，我並沒有一如往常被兩個妹妹——火憐與月火叫醒。

「哥哥已經不是高中生了，所以明天開始要自己起床喔。」

「沒錯沒錯，火憐說得對！」

我疼愛的那兩個笨妹妹，對我發下這樣的通牒。

我覺得這種通牒再晚也應該在我升上國中之前就發下，此外，月火為什麼變得像是火憐的跟班也有點匪夷所思，總之在隔天，也就是今天早上，我是自己一個人起床的。

昨天很晚才睡，今天也沒必要早起，所以這是久違的賴床。

一整個不對勁。

不是因為妹妹們沒來叫我起床，但要說完全無關的話也不是，我很清楚現在感受的這種奇怪心情是什麼。

「啊啊……對喔。」

惺忪的我一開口，就是帶著感慨如此低語。

對喔。今天起，我不再是「直江津高中三年級學生」了。

這是天經地義的事，只能說是天經地義的事，然而相較於至今所經歷各種不可思議的怪異奇譚，我覺得這件事奇妙得多。

不可思議到無法接受。

升上國中的時候，或是從這所國中——公立七百一國中升上私立直江津高中的時候，這種突兀感都完全和我無緣。在直江津高中度過的高中生活，對我來說就是帶著如此強烈的色彩。

尤其是最後一年。

Last one year。

從春假的地獄開始，以真正的地獄作結，體驗這一年之後，依然得以像這樣活下來，得以從高中畢業。現在的我正細細品嘗這個奇蹟……不，完全不是這種美麗又感傷的感覺。

若要說這段時間發生過各種事，我國中時代也發生過各種事，小學時代同樣沒多麼好過。回想起自己和老倉的往事之後，我接連回想起各種心理創傷，幾乎每晚沉入後悔之海。

掙扎求生。

差點在水面下溺死。

既然我今天像這樣為自己活著而感動，我也應該為自己昨天能活著而感動。雖然這麼說，才十幾歲的我終究沒辦法每天抱著感動的心情活下去。

情感豐富到這種程度，即使是吸血鬼也會沒命。

到頭來，我沒參加昨天在直江津高中體育館舉行的畢業典禮。拒絕參加為高中生活打上句點的紀念儀式，聽起來挺叛逆的，說不定會受到學弟妹的崇拜，但如果補上我後來在教職員室以制式輕浮心態磕頭道歉的小插曲，再怎麼崇拜也會瞬間冷感吧。

講這種話感覺不太對，不過在最後的最後，那所高中成為我再也不想接近的禁區了。

我居然創下這種傳說。

這是最壞的終結。

可以的話，我好想上吊。

拿這件事當藉口也很奇怪，聽起來像是嘴硬不服輸，但是真要我說的話——老實說，對於自己從高中畢業，對於自己不再是高中生，我幾乎沒什麼感想。頂多就是因為妹妹們今後再也不會來叫我起床而覺得心情暢快。

妹妹們啊，妳們沒用處了！

我基本上愛耍帥，畢業典禮這種會讓人憂鬱不自在的場合，我本來就敬而遠之，甚至不惜磕頭道歉也要敬而遠之。只是，這次的「畢業」和以往的「畢業」有個明確的差異，就是「畢業」之後的路還沒確定。

極度不確定。

國小畢業的時候，我順理成章確定升學進入七百一國中；從七百一國中畢業的時候，我收到（當時）嚮往的直江津高中寄來的合格通知。換言之，至今的畢業對我來說，單純只是換了一個頭銜。

說穿了只是一種移動，一種異動。

這次不是。

雖然從直江津高中畢業，但我完全不知道我這個傢伙今後會變成什麼樣子。坦白說，在三月十六日的現在，我報考的大學還沒放榜。

將來尚未確定。

未來還不確定。

這種事誰都一樣，大家都一樣。真要這麼說的話當然沒錯，但我至今理所當然般擁有和名字並列，或者說和名字同列的頭銜，對於這樣的我來說，這東西像是理所當然般消滅，我覺得怪怪的。

無論如何都忍不住感到不對勁。

頭銜單純被剝奪，不具任何身分的自己。

真實的自己。

不是高中生。

不是考生。

不是大學生，也不是重考生，當然也不是社會人。

是毫無標籤，平凡無奇的阿良良木曆。

俗話說「重要的東西要到失去才知道多麼重要」，但我沒想到在高度發展的現代社會，失去身分保障會令人如此無助。

就學期間，坦白說，曾經做好中輟覺悟的我，絕對不喜歡這所直江津高中。像這樣回顧從前，我的高中生活說客套話也不算充實，不過，當我真的失去這個頭銜，內心就變得莫名開放。

開放，無依無靠。

以神原的方式舉例，感覺像是光溜溜走在大馬路上。「原來如此，現在的我就只是我」。類似這種感覺。

再怎麼打扮、再怎麼改變、怎麼成長，自己肯定依然是自己，阿良良木曆肯定只會是阿良良木曆，但無論願不願意，周圍與環境果然是塑造我這個人的要素無誤。

如果巡邏員警現在盤查我的身分，我究竟該怎麼回答？我這麼想。

想到這裡，我失笑了。

為這種可笑的想法而笑。

果然只是因為從高中畢業而變得感傷吧。我只是難為情又害臊地不想承認這種幼稚心態，所以東扯西扯各種藉口。也可能只是等待大學測驗放榜的精神壓力很難熬，所以逃避現實不去正視真正的煩惱。嗯，我也變得可以相當客觀地審視自己了。

到頭來，憑我這種角色，抱持這種喪失立場的煩惱根本是無恥至極。比方說女神……更正，比方說羽川，她在畢業典禮結束當天，就成為不具任何身分的純白自己，華麗啟程探索這個世界了。

她說，她要從不只是警察，甚至可能被軍隊盤查的地區開始遊覽（搞不懂為什麼要做這種事），本應笑著目送的我到最後哭哭啼啼抓著她想阻止（這不是誇飾，我是真哭），但是啟程的她面帶笑容。

可以說是隨手打發我。

也可以說是輕易敷衍我。

……總之，我認為沒必要以這種說法刻意將寂寞的心情加倍，不過對於那個傢伙來說，和我或是黑儀共度的高中生活，今後大概會逐漸變得不足一提吧。

我如此心想。

悵然心想。

相對的，我們今後應該很難認識比羽川還優秀的人才吧。黑儀曾幾何時說過「羽川同學是真物，和我們是不同的物種」，我拖到最近才終於理解這句話的意思。

與其說是不同的物種，應該說是不同的物語。

總之，不一樣。

不過，我對她的這份自卑感，將高中生活最後階段塗抹成非比尋常的色彩。想到這裡，我就不能老是說這種喪氣話。剛起床的突兀感，我非得洗把臉甩得乾乾淨淨才行。今天這一天不能虛度。

幸好，雖說妹妹們沒來叫我起床害我大意睡過頭，但現在還是上午。

壯年期的大人似乎會以「將人生比喻為一天的話，那麼現在還不到中午」來激勵自己，但以我的狀況是真的還沒到中午。就算從考大學的苦行解脫，也不應該心不在焉眺望庭院喝茶。現在的阿良良木曆做這種事還太年輕（那當然）。

活動一下吧。

就來享受只限這短短數天，將來回顧時真的只是眨眼一瞬間的「沒有頭銜的自己」吧。放心，遭受盤查的話這樣回答就好。

「我是阿良良木曆，如你所見的男人。」

……我應該會被帶走吧。

警察或許會呼叫警力支援。

或許會被包圍。

我一邊思考這種事，一邊心想「現在已經不是吃早餐的時間，總之先出門，畢竟那輛越野腳踏車也不能一直借下去，對了，出發進行一場沒有目的地的單車之旅吧……」然後換掉睡衣。我差點習慣性地換上制服，敬請見諒。

為了向現在應該已經抵達海外某地的「真物」致敬，我套上八月借羽川穿過的牛仔褲，穿好上衣，一口氣繃緊心情，離開房間。

這時間爸媽早就已經出門上班，不過妹妹們呢？

那兩個傢伙肯定也不用上學了……下樓前，我原本想到妹妹們的房間看看，卻在最後打消念頭。

並不是因為她們沒來叫我起床而幼稚地鬧彆扭，是因為那兩個傢伙已經不是小學生了。我才應該和妹妹保持適當的距離。

現在總算消除隔閡能夠好好交談，所以我這時候做出保持距離的舉動，說起來還挺寂寞的，不過兄妹各奔東西堪稱是兄妹的必然。

如果考上大學，我打算暫時從家裡通學，即使如此，我總有一天還是會離開這個家吧。想到這裡，就覺得自己身為先一步成為大人的哥哥，應該促使那兩個傢伙獨立……應該說獨活。

即使不依靠我也能活下去。

……感覺她們應該遊刃有餘吧。

火憐下個月起就是高中生，最近似乎冒出「我是姊姊」的自覺（或許月火就是因為這個反作用力，所以才像那樣變成一副跟班樣，真是這樣的話就剛好互補了），我應該不用擔心了吧——如此心想的我，無視於妹妹們的房間下樓。

……順帶一提，妹妹們的房間裡除了兩個妹妹，還有一具莫名其妙的布偶面無表情寄居在裡面，不過關於這方面，我是基於更根本的原因無視。

因為要是貿然搭話，那個女童可能會跟隨我的單車之旅。不能給那孩子任何契機。不過對於那具布偶來說，既然姑且肩負監視我的任務，這應該說是她應該完成的正當工作吧。

這麼一來，我覺得自己反倒非得躡手躡腳偷偷摸摸出發，我也真的以這種方式前往洗臉台。

確認浴室沒人使用之後（火憐可能會在早上淋浴，沖掉慢跑的汗水），我開始洗臉。

雖然換好衣服的時候已經完全清醒，不過以冷水洗臉果然讓心情舒暢。光是這樣就覺得身心有所切換，我這個人真單純。

從去年春假就沒剪過的頭髮，經過一年已經留太長了，因為洗臉而遭殃變得溼漉漉，感覺得拿吹風機吹乾，不過洗臉就是要豪邁。

「……呼。」

我面向正前方。

看著洗臉台的鏡子。

鏡子裡有我。有阿良良木曆。

鏡面映出左右反轉的阿良良木曆。

我講得像是理所當然，不過直到不久之前，這都不是理所當然的事。

我這個當事人原本應該早就看膩這張臉，不過我其實很久沒像這樣端詳了。

基於某個原因，從二月開始，鏡子就照不出阿良良木曆的身影。

即使這樣照鏡子，也像是運用某種特殊攝影技術（記得叫做「色鍵」？），只會映出我以外的背景。

如同傳說中的吸血鬼。

鏡子照不出我。

……記得「自戀」的英文字，源自看自己湖中倒影看到入迷落水淹死的少年納西瑟斯，這時候的我彷彿沒從這個故事獲得任何教訓，凝視著鏡子。

看到入迷。

俗話說眼睛看不見重要的東西，不過眼睛看得見的東西果然也很重要啊……我冒出這種現實的想法。

「……嗯？」

總之，雖然這麼說，但這張臉今後不愁看不見，而且就算基於再怎麼無可奈何的隱情，即將高中畢業卻還勉強處於青春期的男生一直照鏡子也不太體面（要是布偶女童目擊這一幕，她一輩子都會拿這件事當笑柄），所以我靜靜把視線從鏡子裡的我移開。

然而，鏡子裡的我，沒有把視線從我身上移開。

「呃……咦？」

怎麼回事？

修行開花結果，我的動作超越光速，使得鏡子裡的影像跟不上我的動作？我感到詫異，但是事實並非如此。

到頭來，我沒進行什麼修行，就算沉眠在我體內的能力突然覺醒，我再度看鏡子的時候，鏡子裡的影像也沒沿襲我的動作。

沒照出我的動作。沒照著我的動作。

就只是凝視著我，注視著我。

我透過鏡子，看著我自己。

這雙眼睛，彷彿是……

我下意識地朝鏡子伸手。胡鬧，我想確認什麼？我以為這面鏡子其實是窗戶玻璃，至今認定是我自己而看見的身影，其實是戶外的某人嗎？

雙胞胎弟弟？這時候才登場？事到如今還想加上這種設定？這終究是強人所難吧？這種後設也太誇張了。到頭來，如果是推理小說的手法就算了，但是現實生活不可能把窗戶玻璃誤認為鏡子。

實際上，安裝在洗臉台的這東西，當然不是窗戶玻璃。

不過伸手一摸，就發現很難將其稱為鏡子。

因為指尖一碰觸，就陷入表面。

與其說陷入，應該說沉入。

如同泉水……不對。

如同泥沼。

「忍……忍！」

我朝腳底大喊，但為時已晚。

鏡子——直到剛才還是鏡子的這個東西，變得不明就裡的這個東西，在這一瞬間，鏡面一整面染成紫色——

003

染色之後，我位於盥洗室。日常生活所使用，阿良良木家的盥洗室。

我跌坐在這裡。

「……咦？」

咦？

我立刻起身檢視鏡子，不過位於該處的是一面平凡無奇的鏡子。沒有可疑之處，如實照出我身影的鏡子。鏡子裡的我確實左右反轉，沿襲我的動作。

完全是鏡子。

即使我試著俐落做幾個動作，也確實跟上我的動作。當然沒染成紫色。天底下沒有這種配色的鏡子。再怎麼看、再怎麼摸，都始終是一面平凡至極的鏡子。

……記得學校視聽教室會有的那種投影機，要是一直播放同樣的照片，光線會烙印在螢幕，即使關機也不會從螢幕消失，剛才那一幕難道也是這種現象？

或者只是我眼睛的錯覺？

是我在做夢？

不過，看見羽川的幻覺就算了，但我會看見自己的幻覺嗎？

即使我自認洗完臉清醒了，但或許意外地還在半夢半醒。如此心想的我決定再度仔細洗把臉。

以冷水舒暢洗臉。

我原本是這麼想的，但我似乎開錯水龍頭，變成以熱水洗臉。雖然無預警經歷綜藝節目般的際遇，不過比起用冷水洗臉還清醒，所以我既往不咎。

嗯。

然後我抬頭一看，位於面前的果然只是普通的鏡子。鏡子就是鏡子，不是鏡子以外的東西。我以為又遭遇什麼怪異現象而緊張起來，不過這種戲劇化的進展並不是三天兩頭就會發生的。

想到這裡，我不免出現一種掃興，應該說略顯失望的心情，不過和小扇的那件事終於告一段落，所以我希望至少暫時享受一段平穩的時光。

剛才毫無意義叫了忍，幸好沒叫醒夜行性的她，影子裡沒有任何反應。

太好了太好了。

要是毫無意義叫出那個任性的幼女，不知道事後得請她吃多少甜甜圈。這個幼女雖然可靠，我卻得付出不少代價。

朦朧幽靈影，真面目已然揭曉，乾枯芒草枝。

別說芒草枝，居然是被鏡子裡的自己嚇到，真不知道該說什麼。一年來搏命對抗各種怪異的阿良良木老弟也不復當年勇了。

我一邊對自己感到無奈，一邊拿起毛巾用力擦頭髮。鏡子裡的我當然也做出完全相同的動作。當他伸出左手，我伸出右手，要拿出抽屜裡的吹風機時……

「嗚，唔唔，冷靜下嗚。」

隨著拉門開啟的聲響，浴室傳來這個聲音。

是大妹──火憐的聲音。

哎呀？

我自認在洗臉前確認過，原來火憐正在洗澡？那麼大一具身體藏在哪裡？不同於動畫版，我家的浴室始終是普通大小……該不會是在浴缸潛水吧？

我收回前言，她永遠是個孩子。

如此心想的我，轉身看向她。

「……咦？」

我啞口無言。不，或許可以說我明白了。原來如此，既然是「這麼回事」，那她不用躲在浴缸，浴室任何地方都能躲吧。我或許可以說我明白了。

身高超越我這個哥哥多年至今，即將達到一八〇公分，而且還在發育中的妹妹──阿良良木火憐。

阿良良木火憐的頭部，位於遠低於我的位置。

「哥哥，幫我拿毛巾。」

相較於語塞的我，火憐沒多說什麼，指著架子上方的浴巾。她的手指位置勉強位於我臉部的高度。

她拉直身體應該搆得到，不過似乎是秉持物盡其用的心態使喚哥哥。

慢著，就算我說她頭部遠低於我是誇飾，但她這樣應該不到一五〇公分吧？

比月火還矮……大概和千石差不多？

「幹嘛啦，哥哥，我臉上有什麼東西嗎？」

大概是終於感覺到我品頭論足般的視線不對勁，火憐扭動剛出浴的身體。

「啊，沒事。」

苦於回應的我先照她所說，拿毛巾給她。

「謝啦～～」

火憐接過毛巾開始擦拭身體，但畢竟表面積不多，這個程序轉眼就結束。

「幫我拿內衣褲。」

「啊，啊啊。」

我這個哥哥像是侍從般聽命。

若她要我幫她穿，我甚至也可能照做，但我不能一直混亂下去。

「那個，妳是……小憐吧？」

我將內褲拿給她的同時這麼問。

「嗯？是啊，沒錯，我是小憐喔。我不是小憐的話會是誰？」

她——阿良良木火憐一頭霧水地回答。

嗯，沒錯。

即使身高改變、尺寸變化，我也不會認錯親人。只不過，如果容我秉持這個認知講幾句話，我認為十幾歲女生的身高變高就算了，變矮的狀況應該很罕見。

而且是短短一個晚上就變矮。

「…………」

火憐終究沒命令我幫她穿，而是自己穿起胸罩，我一邊看著這樣的她，一邊想到某個不願正視的可能性。記得火憐小學時代差不多就是這麼高。

小學高年級的火憐。

不不不，荒唐。

豈有此理。

蘿莉火憐？天底下哪裡有這種需求？

那妳不就永遠是個孩子了嗎？擔綱這個角色的是妳以外的某人吧？

我如此心想，並且隨口詢問。

「小憐，妳下次生日滿幾歲？」

火憐一邊扣好胸罩，一邊露出期待生日禮物的眼神（我的心好痛）。

「十六歲。」

她如此回答。

嗯。看來不是蘿莉火憐。

哎，畢竟火憐升上國中才開始穿胸罩，先不提身高，她的身材，包括腿與軀體的肌肉發育不像是小學生，所以我問她之前就大略有個底。總之這麼一來，我可以刪除「時光旅行」這個討厭的可能性。

太好了。

「時光旅行」這種荒誕的事，經歷一次就很夠了。因為其實連一次都不該經歷的。不過說到荒誕，高個子妹妹一個晚上就縮水，而且是縮了三十公分，和時光旅行比起來也是不相上下。

怎麼想都不正常。

發生任何事都怪到怪異頭上，這種思考方式令人不以為然。忍野總是這麼對我耳提面命，剛才我也反省過這樣的自己，卻不得不猜測這個妹妹又成為都市傳說的受害者。但我不敢說出口。

「？」

我詫異看向她的視線令她感到詫異。由此看來，當事人似乎毫無自覺……

雖然我從語塞狀態回復，但還是無法貿然開口。到頭來，即使是上次的火蜂事件，火憐肯定也沒認知到自己是被怪異所害。

阿良良木家不知不覺逐漸成為妖怪屋，火憐卻完全沒察覺這個現狀，所以我希望妹妹的精神維持這種健全狀態。不過，真的有這種怪異嗎？

讓身高縮水的怪異……

對於我這種矮個子的男生來說，這或許是全世界最恐怖的妖怪，但是正常思考就搞不懂這有什麼好恐怖的。如果是「見越入道」這種讓人變大的怪物，我倒是略有耳聞就是了……

「哥哥，今天有什麼計畫？和戰場原姊姊約會？」

「啊，不，沒這種行程……所以我想自己來一趟單車之旅。」

「是喔。我等等要和月火去買東西，準備舉辦火炎姊妹的解散慶祝會。」

「啊，啊啊……果然要解散啊。說得也是，畢竟妳也終於蓄勢待發要成為多采多姿的高中生了。」

「嗯。不過，與其說是因為我，我覺得比較像是因為月火的心態轉變。她好像有一些自己的想法。」

「是喔……？」

月火的「想法」令我在意（負面的意義），但是不提這個，看來彼此的對話確實成立。

既然能溝通，就不必太害怕怪異。這句話是誰說的啊……

或許是多心，總覺得火憐的聲音反轉了，但肯定是因為浴室就在一旁造成回音吧。

聲音反轉是怎樣？

這要怎麼以書面表現？

「呼～～話說哥哥，你出去好嗎？你妹妹只穿內衣耶？」

火憐事到如今才這麼說。

穿好內褲才說。

這或許是基於「裸體可以，但內衣不行」的複雜少女心，但是聽她這麼說，我甚至有種放心的感覺。我可不能一直待在這裡。我裝作若無其事，哼聲回應之後走出盥洗室。

雖然沒能吹乾頭髮，但我已經不在乎了。我走上樓，來到剛才無視的妹妹房間門口，沒敲門就開門。

「早，哥哥，你醒了啊。」

「妳們以為我是睡美人之類的嗎？」

開口就和火憐做出相同反應的她——阿良良木月火，果真是阿良良木月火。

阿良良木月火小妹。

不，若要這麼說，阿良良木火憐也同樣是阿良良木火憐，但至少月火身高沒有變高或變矮。

沒產生落差。

是正常尺寸。等比例的阿良良木月火。

長到腳踝的頭髮也和昨天一樣。

火憐說等等要去買東西，但月火身上依然是居家穿的浴衣。

「幹麼？因為可以自己起床了，所以過來要我稱讚哥哥了不起嗎？」

月火說著笑了，我從她身上感受不到任何異狀。真要說的話，感覺她的語氣果然怪怪的，但肯定是我自己疑神疑鬼的結果吧。

若要我說她哪裡奇怪，我完全不曉得。

「那個……小月。小憐有沒有怪怪的？我剛才在浴室看到她……」

「啊，火憐洗好了啊。那接下來換我。我體質容易流汗，所以早上洗澡是一定要的喔～～」

月火完全沒把我的話聽進去，也沒回答我的問題（相對的，她回答了我沒問的事情），和我擦身而過往外走。不對，聽她這麼說，她似乎不對火憐的身高感到任何疑問。在同一個房間起床的她，應該不會沒察覺那種變化……那麼，是我看錯嗎？

浴室的蒸氣折射光線，使得火憐看起來比平常小……硬要解釋的話就是這種感覺吧，不不不，還是太牽強了。

完全不構成解釋。

我也沒構成理解。

「小……小月！」

我不禁叫住她。

月火在走廊停下腳步轉身，但我不知道該問什麼。

「嗯？哥哥，什麼事？」

小憐是不是變矮了？

而且比妳矮？

我或許應該這麼問，但如果是我自己看錯，可能會被懷疑腦筋出問題。

所以我逼不得已，僅止於指摘另一件事。

「……妳浴衣又穿錯了。」

「嗯，是喔？怎麼穿才是對的，我一下子就忘了。哎，反正現在就要脫掉所以沒差。」

如此回答的月火，明明浴室還很遠卻早早解開腰帶並且下樓。再怎麼隨便也要有個限度才對。

依照火憐的說法，月火最近應該出現一些心態上的轉變，不過看她的舉止，我覺得她果然沒什麼成長或變化……

或許只有她交給小扇處理一下比較好。我冒出這個危險的想法。

「鬼哥。」

就在這個時候，沒有其他人的妹妹房間裡，放在角落裝飾的布偶開口了。

不用說，正是斧乃木余接。

屍體人偶。

專家們留在這裡的贈禮。

「雖然在上一集回收諸多伏筆，隱約營造出整部系列漂亮收尾的氛圍，不過和妹妹一樣被詛咒一輩子不能走地面的手折正弦，當時是不是正常走在神社的境內啊？」

「…………」

月火離開的下一秒，斧乃木一開口就以上帝視角發言，這個作風正是一如往常的感覺。然而她的語氣完全不同於以往。

不是一如往常毫無起伏的語氣。

而且，也不是一如往常面無表情。

屍體人偶，死後僵硬的斧乃木余接，居然是以做作的招牌表情說出這段話。

004

關於正弦正常走在神社境內這件事，我解釋為那裡是地獄，是死後的世界，所以不在「一輩子」的範疇。「講得挺有一番道理耶，厲害。總之基於情面，這件事就以這個解釋結案吧。我會為鬼哥加油，這次也以這個步調努力吧。」就這麼掛著招牌表情說話的斧乃木，外貌也和以往不同。

斧乃木平常總是穿著不適合她的垂褶裙，今天卻是令人聯想起她主人（斧乃木口中的「姊姊」）的褲裝造型。這樣搭配意外地適合她，或許只是服裝師月火幫她換上的，不過關於語氣與表情，就無法以「月火的換裝娃娃」來說明。

總不可能和模型一樣可以換臉吧？

「還有，我不太懂最後那一幕要怎麼接到《花物語》……」

斧乃木繼續以高姿態批判，但我就這麼留下她，走出家門。

不，冷靜想想，斧乃木明顯不對勁，可以吐槽的地方多到火憐沒得比，我或許反倒應該主動問個究竟才對，不過說來遺憾，她的招牌表情煩到有點無法以常識解釋，老實說，我是避免和她起口角才離家的。

我一直以為面無表情的角色首度露出像樣表情的時候會更迷人，但現實似乎不太遵循這種戲劇法則。

總之，剛才和火憐也像那樣雞同鴨講，就算我詢問發生異狀的當事人，我也不認為能得到想要的答案。即使斧乃木是怪異專家也不例外。

我不是回到自己房間，而是走出家門，原因在於這時間到戶外比較能產生清晰的影子。剛才在盥洗室叫她的時候沒叫醒，但我覺得幸好當時沒叫醒。

只是事到如今，我不得不依賴忍的協助。不得不依賴棲息在我影子裡，那個「怪異殺手」吸血鬼的知識。

正確來說，是走到落魄盡頭的吸血鬼。鐵血、熱血、冷血吸血鬼的渣滓。以前是姬絲秀忒·雅賽蘿拉莉昂·刃下心，現在是忍野忍。

我再度大聲叫她的名字。

……在大太陽底下呼叫吸血鬼，我差不多開始覺得矛盾了（斧乃木大概會狠狠吐槽），總之我朝著自己的影子呼叫。

但是沒有回應。毫無反應。

看來她睡得很熟。這也在所難免。

昨天缺席畢業典禮的時候，我勉強那個幼女做了很多事，而且直到前天，我一直都依賴那個傢伙，應該說鮮少沒依賴那個傢伙。至今添了她這麼多麻煩，在事情終於告一段落，能夠好好喘口氣的今天，她熟睡到不會輕易被叫醒也是理所當然的。

雖然認為不得不依賴她，不過考慮到面子問題，在自家外面一直朝影子呼叫也有極限……而且我也想讓她這個重要的搭檔好好休息。

只不過，也不能因為這樣就等她自然醒。沒人保證突然襲擊我家的這個異狀不會影響到她。

如同火憐產生異狀、斧乃木產生異狀，忍或許也發生某些事，才像這樣毫無反應。想到這裡，我就不能抱著「杜鵑不啼就等到牠啼」的悠哉心態……我可沒有成立幕府的計畫，也不是「有福不用忙」的幸運兒。不過看月火沒受到任何影響，或許是我擔心過度吧。

思考到這裡我才想到，那麼「我自己」又如何？就我自己的感覺，或是就我照鏡子的感覺應該沒什麼異狀，不過在這種場合的自我檢查基本上不可靠。

火憐與斧乃木對於自身的變化，似乎完全不覺得哪裡不對，毫無自覺症狀。甚至一副「自己從以前就這麼矮」，「自己的招牌表情從以前就這麼讓人火大」的樣子。

或許我其實也和直到昨天的我截然不同，只是我自己沒察覺。不過一旦起疑就會沒完沒了。

我或許不只是失去「高中生」這個頭銜，還失去更重要的東西卻沒察覺。例如我其實應該更高，身體更壯碩，肩膀更寬，頭腦更聰明之類的，這種事應該有可能吧？

有可能。確實很有可能。

極端來說，或許我直到昨天都是羽川翼……不，如果我直到昨天都是羽川，絕對不會犯下「在今天變成阿良良木曆」這種差勁透頂的過錯，所以只有這個可能性可以排除。

只不過，也有格里高爾・薩姆莎早上醒來之後不只變成另一個人，甚至變成奇怪蟲子的案例……說到《變形記》的作者卡大卡，依照他的簡歷，他拜託摯友在他死後銷毀著作，摯友卻違背他的心願發表作品，他現在才會這麼出名。

我不禁質疑做這種事的人是否可以稱為摯友，不過我後來得知卡夫卡的古怪個性，就覺得他說的「幫忙銷毀」其實是「不過，你懂吧？」的意思。既然能夠理解到真正的意圖，這個摯友確實是摯友。

堪比《跑吧！美樂斯》的塞里努丟斯。

總之，關於《變形記》是否是描寫妹妹有多萌的小說，存在著不少議論空間（並沒有），但現在不是國文的時間。咦，外國文學也可以歸類為國文嗎？

不行，思緒散漫了。證明我處於混亂狀態。

或許應該現在就掉頭回家，徵詢專家斧乃木的意見。不過那張令人火大的招牌表情跟傲慢的語氣，我究竟能忍受到何種程度？歷練未深的我沒有自信……

只不過是從高中畢業，無法變成那麼成熟的人。

面無表情與死板語氣的特徵，使得斧乃木莫名地被巧妙中和定位成一個難以捉摸的角色，不過一旦站上對等的舞台，就會發現她只是個惡劣的討厭小孩……

何況斧乃木從表面看來就知道明顯出現異狀，我還是不認為找她商量可以得到正確解答。不是「醫生不養生」這種原因就是了。

就算這麼說，但忍野與臥煙都已經不在這座城鎮，影縫甚至在北極，我沒辦法依賴專家。

嚴格說來，臥煙給我的電話號碼應該還打得通，不過以「無所不知」的那個人的作風，既然現階段還沒打電話給我，就可以解釋為我必須自己想辦法。畢竟要是貿然求助，她會要求我付出令人質疑「真的假的？」的天大代價。

在這種場合，拜託那位「不是無所不知，只是剛好知道而已」的朋友也是一個方法，不過要打電話給人在海外的她實在有難度。

不是電話費的緣故。

到頭來，我甚至不知道羽川現在所在的國家是否收得到手機訊號。

不過這麼一來，我能想到的唯一方法，就是等待忍開始活動的黑夜來臨。只能等待接受忍野的英才教育，具備許多專業知識，別名「怪異殺手」的她醒來。總不會要我求神吧？

「唔……啊，對喔。」

我慢了好幾拍才察覺。

雖然不是專家，而且應該也沒有專業知識，不過現在這座城鎮不是有神嗎？不是有「八九寺真宵」這位大明神嗎？

不，她應該不是大明神，不過為了治理城鎮的異狀，進入北白蛇神社接受祭祀的前幽靈少女，在那座山上被拱立為神柱的時候，肯定向臥煙上了不少課。

或許她知道些什麼。

慢著，現在發生的這個異狀本身，也可能是將她半強迫拱為神的副作用。雖然當時是從我的突發行動偶然產生，為了平息混亂而冒出的精明點子，不過冷靜想想，趁著神社只是空殼就將一度下地獄的少女拱立為神，果然是過於牽強的解決之道。

八九寺成為神，使得火憐身高變矮、斧乃木出現表情？我完全不懂其中的關聯性，而且或許是另有原因，不過在毫無線索的現狀，找那傢伙打聽情報，絕對不是毫無價值的行動吧。

畢竟不提這個異狀，我早就計畫去北白蛇神社一趟，消遣那個少女飾演神明的模樣。

如果她過於得意忘形，就得好好訓誡她一頓。

基於死黨的立場！

好巧不巧，單車之旅的目的地就這麼決定了。下定決心沒多久，我就跨上向小扇借用至今的越野腳踏車，騎向北白蛇神社所在的山。

雖然無法騎車登山（這輛越野腳踏車或許可以爬階梯，但我沒這種技術），不過前往神社入口的這段路，就算有坡道還是騎車比較快。

我理所當然如此心想，不過大概因為焦急，或是騎不慣這輛腳踏車（加上還有數個月的空窗期），花費的時間超乎我的預料。

「一旦學會怎麼騎腳踏車就再也不會忘」的說法是騙人的嗎？

我好幾次差點摔車，還差點走錯路。我沒聽說山上架設結界，不過現在的北白蛇神社或許成為神明降臨的神域，具備怪異性質的我難以接近。

這麼一來，我就不能過於隨興造訪了……吸血鬼住在我的影子裡，所以或許是理所當然吧，不過被神域排斥令我挺消沉的……

我一邊如此心想，一邊將停好的腳踏車鎖上鏈條（要是失竊，不知道小扇會多麼開心地責備我），沿著如今熟到不能再熟的山路——要說因為我經常行走，所以比半年前好走許多也不為過的山路（不是獸徑，是曆徑）上山。登頂並且鑽過鳥居的時候，太陽剛好走到正上方。

正午來臨了。現在是怪異最不會登場的時間，不過怪異並非都是夜行性。

去年重建完成的北白蛇神社，打掃得宜的境內空無一人。無論有沒有神，還是鮮少有人會來到這種偏僻神社參拜吧。

如果這方面不想點因應之道，感覺到最後信仰將逐漸沒落……我不認為自己做得了什麼，但想到八九寺成為神的原委，我就想盡量幫她。

販售神籤如何？

八九寺神籤。

講起來挺順口的。

或許有人會說就算順口也沒用，不過這對八九寺說是一大要素。找八九寺商量這次事件的時候，順便開會討論這種事或許也不錯。

話說回來，最重要的當事人八九寺真宵也不見人影……她在神社裡嗎？昨天我在鎮上見過她，或許她正在各處巡邏，應該說散步……不過，愛出門的神似乎太缺乏威嚴，應該說太管不住自己的腳……

「八九寺～～喂～～？」

我像這樣叫她，並且走到香油錢箱前面。就算她在神社裡，我擅自闖入終究不太妙吧……

影子住著怪異的我，事到如今或許沒什麼好怕的，但我還是覺得可能會遭天譴而卻步。想到進行天譴的是八九寺，與其說她會手下留情，不如說她反倒會更不留情。

啊，對了。

朝香油錢箱投錢看看吧。

回憶初遇時的往事，就知道那傢伙是見錢眼開的少女……呼呼呼，朝香油錢箱投錢叫神出來，這種嶄新的點子沒幾個人想得到。

我也正在成長喔。

聽說那個討厭的騙徒也從一月開始成為這座神社的常客，不過在這方面是否能想出這種充滿創意的點子，堪稱是那傢伙和我的分水嶺。

我如此心想取出錢包。我出門的時候隨手抓起錢包塞進口袋，所以不知道裡面有多少錢……不過再怎麼說，終究只是香油錢。

基於求個良緣的意義，投五圓硬幣就行吧。（註1）

我如此心想，卻找不到五圓硬幣。一圓硬幣有四枚，我決定拿來代用。「四」這

註1　日文「良緣」與「五圓」同音。

個數字聽起來觸霉頭，不過想到日文「少女」的第一個字發音是「四」，就覺得這數字並不差。

而且枚數較多，感覺也比較賺。

一瞬間，我又覺得似乎哪裡不對勁，但堅強的我沒把這種多心放在眼裡，將四枚一圓硬幣投入香油錢箱。我好像學過「二禮二拍手一禮」之類的禮法，但我沒能回想起正確的程序，所以進行自創的形式進行參拜，多搖鈴幾下希望盡量傳達我的誠意。

沒發生什麼特別的事。

神社開門，神明從裡面衝出來登場的光景並未出現。我不禁想要求退錢，卻沒有申訴的對象。

果然正在散步嗎……

畢竟無論成為神明還是下地獄，那個傢伙生性終究不安分。這麼一來，接下來唯一的辦法就是下山漫無目的亂逛了。

我有點失望，卻也覺得成為神的八九寺一如往常活潑好動，就某方面來說也是好事。就在我如此心想，準備轉身走人的這一瞬間……

「阿良良木學長～～～～～～～！」

某人像是要朝我撞過來般，從後面抱住我。

完全冷不防的這記軀體攻擊，使我就這樣被撲倒，在恐慌狀態遭受寢技的攻擊。

「呀啊～～！」

我放聲哀號，卻在轉眼之間被關節技固定。像是軍用格鬥技的這個絕招是怎麼回事？

感覺全身的關節都被固定。

就算抵抗也逃不掉。

對方體格和我差不多，功力卻天差地遠，我絲毫找不到動彈的空間。這招關節技的效果遍及全身，就像是把我進行真空包裝。

「你來見我啊，我好開心！」

「呀啊～～！」

慢著，先不提這個絕招本身，這個人在緊貼狀態以臉頰用力磨蹭的動作很噁心，使我放聲哀號。感覺像是蛞蝓爬遍全身。

是……是誰？怎麼回事？

究竟發生了什麼事？

犯人（這麼稱呼應該沒什麼問題吧）無視於極度混亂的我，和我貼得更緊。

「好開心，好開心，好開心～～！嗚嗚，快寂寞到死掉了啦～～！成為神就算了，卻完全沒有香客上門，真是的，大姊姊我都想辭職下山了！哎喲，讓我多抱幾下，多愛幾次，多舔幾口吧～～！」

「呀啊～～！呀啊～～！」

「真是的，別掙扎啦！只要任憑大姊姊我處置就好！我會溫柔奪走的！」

「呀啊～～！」

慢著。

「姊姊」？

我捕捉到隻字片語，勉強轉頭一看（我連頭都轉不動，所以嚴格來說只有移動視線），在神域撲倒我，纏住我全身的這個人，確實是女性。

從力氣來看應該很壯，真要說的話卻也感受得到柔軟與彈性。不過疼痛的感覺強烈得多。

……話說，我認識這個人。

「嘎嗚！」

「討厭啦～～～！」

我朝著面前的耳垂咬下去，她果然發出這種（嬌滴滴的）尖叫放開我。

站起來就看得出身材高䠷，五官工整，完全感受不到剛才的變態行徑。

是的，我見過這個人。

在不同的時間軸，見過這個人。

「八……八九寺……真宵小姐？」

「嗯。」

她掛著笑容回答。

雙手抱胸，如同凸顯自己發育的雙峰。

「我是八九寺真宵小姐，今年二十一歲！」

005

無須多說。

我認識的八九寺真宵，確實是十歲的少女，不是二十一歲的變態女……我失言了，更正，不是二十一歲的大姊姊。

只不過，站在我面前的大姊姊，也確實是八九寺真宵。我知道這一點。

十一年前，其實幾乎是十二年前了，當時出車禍喪命的八九寺真宵，如果成功避開那場車禍……這位大姊姊就是她未來的樣貌。我看過她在毀滅的世界中，依然努力活下來的堅強樣貌。

雖然給人的感覺不太一樣（應該說個性完全不一樣），不過單純看外表正是這個形象。

「阿良良木底迪，怎麼啦？用這麼火熱的眼神看我。不行喔，大姊姊我已經是大家的大姊姊了，不能成為你專屬的姊姊喔。」

「總之，請不要稱呼我『阿良良木底迪』。」

唔～～

我開始思考。

與其說思考，不如說抱頭。

總覺得大致明白了，卻遲遲整理不來……火憐的變化、斧乃木的異變，以及八九寺的……換句話說，這不只是阿良良木家的問題，不只是個人的問題，而是這個世界本身的問題……可是這樣的話，月火要怎麼解釋？

那個傢伙毫無變化啊？

難道說，只是我沒發現？

「阿良良木小弟。」

此時，八九寺……八九寺大姊姊稍微換個音調，這麼叫我。

「看來今天好像很嚴肅耶。如果遇到什麼煩惱，大姊姊我當然可以陪你商量喔。」

「…………」

聽她這麼說，我就確信她果然是八九寺。她對我這麼好，我就想依賴她。

只不過，如同剛才沒依賴斧乃木，八九寺自己就出現異狀，就算在這裡問她也很難有所收穫吧……

不過，若是這個世界本身出現異狀，這麼一來，即使我問誰（極端來說，就算等到忍晚上醒來）都沒什麼兩樣。

那麼，我的覺悟還是多打一檔比較好。

「……請容我確認一下。」

對八九寺使用敬語也令我覺得怪怪的，但她既然二十一歲也沒辦法了。我慎選言辭詢問。

「真宵姊姊……妳是神吧？」

「是啊？事到如今問這什麼問題？不是你讓我成為神的嗎？明明是沒幾天前的事，你已經忘了？」

「…………」

這方面的認知似乎一致。

看來實際狀況也大致沒變。

那麼，我面前的八九寺姊姊，是沒有生命的怪異嗎？仔細想想，原本十歲喪命的八九寺活到二十一歲的這個「假設」，必須以世界毀滅為代價。依照我騎車上山所看見的風景，我們的城鎮平安無事。

剛才面對矮個子火憐的時候，我就猜測或許又跳到那個時間軸，但是至少不是這麼回事。

只不過，就算當成神來看待，也有千石那樣的例子。即使沒死，也可能是現人神或活人神這種模式。

唔～～……

話是這麼說，但我也不敢當面問她現在是死是活……從剛才被她抱的肉體觸感大致就能判斷（畢竟我還咬了耳垂），但她是幽靈少女的那時候，我也能正常觸摸，想到這裡就覺得這無法成為判斷基準。

「說真的，阿良良木小弟，怎麼了？難道是自己對過答案，發現考試完全考砸了？好好好，那麼大姊姊我就水乳交融好好安慰你吧！」

「不，不是那樣……那個……」

我猶豫到最後，決定向八九寺姊姊說明一切。

從今天早上所發生的一連串異狀，我全盤說明。

火憐的體格改變；斧乃木的表情、語氣改變（此外我差點忘了，她的服裝也不經意改變了）；八九寺也從我認識的八九寺改變。忍怎麼叫都叫不醒。

此外，雖然我覺得無關，但我也補充說明洗臉的時候，覺得鏡子裡的自己怪怪的。不過從我的精神狀態來看，這一點或許不值得參考吧。

……想著想著，總覺得這一連串的事件真的很嚴重，但是真的說出口就非常滑稽，應該說好像單純是我的錯覺。

至少如果有人對我說這種不著邊際的事，我可能會以「這是青春期常見的狀況」結案。

記得叫做「似陌生感」？本應早就理所當然知道的事，卻覺得現在才首度得知。或許火憐的身高從以前就是那樣，或許斧乃木的角色從以前就是那種設定。八九寺也是，或許只是我以為她十歲，其實她二十一歲……不，或許真的可以這麼說就是了。

那麼，忍呢？

以前，像這樣再怎麼叫忍，忍都沒從影子出現的那時候，是因為「闇」截斷我倆的連結。我和忍的連結該不會從那之後一直沒重新接上吧？

這麼一來，再怎麼說也太冒失了。雖然我就某方面來說十分不樂見這種事，只是，如果並非既視感也不是似陌生感，並不是毫無方法可以合理說明現狀。

說明不合理的合理。

我難以接受這個假設，會覺得豈有此理。不過……

「唔～～阿良良木小弟。」

最後，聽完我說明的八九寺姊姊露出嚴肅的表情，然後這麼說（她擺出嚴肅表情就意外地洋溢智慧氣息）。

「我確認一下喔。高個子的火憐小妹變矮了是吧？面無表情的斧乃木小妹變得表情豐富是吧？前姬絲秀忒．雅賽蘿拉莉昂．刃下心沒回應你的呼叫，然後，原本應該是孩子的八九寺小妹，變成了真宵大姊姊是吧？」

「啊，嗯……是的。」

「逆轉……是啊。」

「換句話說，大家都以某種形式『逆轉』了。可以這麼推測吧？」

可以這麼說嗎？

慢著，可是，就算忍這部分還沒確定（或許她只是在睡覺），要說「大家」的話，月火就毫無異狀，沒有「逆轉」。

也可以說，這種解釋害得事態更加複雜……

「說得也是，這方面晚點再想，不過，月火小妹的浴衣不是穿反了嗎？」

「嗯？妳說穿反……啊啊。」

她穿成右上左下。

這是死人的穿法。

我剛才單純瞧不起這傢伙，覺得她明明愛穿和服裝模作樣卻老是學不會正確的穿法，但如果這正是那傢伙發生的異狀……

這麼一來，就某方面來說是最好懂的。

逆轉……應該說反轉？

就像是照鏡子——反轉。

不是錯覺，是反射。左右相反。

而且，這麼一來，我再怎麼叫忍都沒反應，也是情有可原的。

因為，鏡子照不出吸血鬼。這是我至今的體驗。

換句話說……

「換句話說，阿良良木小弟，不是大家變了，也不是世界變了。當然也不是你自己有所變化。單純只是你來到『這一邊』了。」

八九寺姊姊這麼說。

這是神的宣告。

「你來到鏡子裡了。」

「…………！」

其實早在我內心得出的這個結論，如今大剌剌擺在我面前。

我不禁這麼說。

「這……這麼悠哉的企劃真的沒問題嗎？」

006

不管悠不悠哉，不管有沒有問題，我還是必須把企劃當成企劃……更正，把事實當成事實接受。

聽她這麼一說，我看向神社鳥居的標示，上面的「北白蛇神社」確實左右反轉，此外，雖然沒有真的拿出來確認，不過回想起來，剛才投錢進香油錢箱的「不對勁」感覺，大概是硬幣數字的凹凸部位左右顛倒的感覺。

來到這座山所騎的越野腳踏車，我之所以沒能好好操控，也是因為腳踏車的構造變成「左右相反」吧。光是左邊變前煞、右邊變後煞，騎起來就差很多，此外，既然城鎮地圖也反轉，我迷路也情有可原。由昔日的迷路少女八九寺真宵告訴我這個真相，也有種反轉的感覺。

洗臉的時候，我把冷水開成熱水，也是因為水龍頭位置相反……而且大家講話聽起來像是反響，更正，聽起來像是反轉，也是基於這個原因。

原來如此，回顧就發現到處都找得到線索，標榜熱愛「大雄與鐵人兵團」的我應該更早察覺才對。

鏡之世界。相反的世界。

火憐、斧乃木、八九寺反轉的世界。

既然這樣，我也只能接受忍不在影子裡的事實。鏡子照不到的吸血鬼，不存在於這個世界。

世界觀不一樣。

……不過關於月火，我還是不懂她為什麼只有浴衣穿反。

「可……可是……明明一邊往來於現世與地獄，一邊和小扇進行那麼你死我活的激戰沒多久，接下來卻碰到這麼悠哉的……」

我不死心繼續問。

「無妨吧？你想想，畢竟最近流行悠哉的吉祥物角色，來個悠哉的世界——來個悠世也不錯吧？」

斧乃木姊姊像是鼓勵我般嫣然一笑。

就算這麼鼓勵……

還有「悠世」是啥？

有種絕佳的老土感。

……順帶一提，八九寺姊姊的這段話，以及接下來的台詞也全是反轉狀態，但我終究覺得這樣不易閱讀，所以使用敘事者的特權，接下來會加工之後呈現給各位。

「小扇是吧？」

八九寺姊姊語帶玄機地輕聲說。

「而且雖然順勢說出這裡是『鏡子裡』，不過呢……」她聳了聳肩。「就我們來看，『這邊』是天經地義的世界觀，所以『那邊』才是『鏡子裡』。這是配合你內心認知的說法。懂嗎？只不過，我補充一下，現狀應該沒你想像得那麼悠哉吧？應該是十萬火急吧？」

「什……什麼意思？」

聽她說現狀不悠哉，我也慌了。

「因為，你所說的『原本世界』，你沒有回去的方法吧？」

「…………」

回去的方法？

對喔，這個企劃悠哉到讓我分神，沒想得這麼深入。既然這裡是異世界，依照進展，我當然非得回到我的世界……但我想不到方法。

阿良良木家洗臉台的鏡子。

假設我碰觸盥洗室那面鏡子的時候，被拉進「這邊」的世界，那我應該也可以從那裡回去。不過，我感覺鏡子不對勁的下一秒就確認過了。那是一面普通的鏡子。或者說「回復」為普通的鏡子。

並非單純碰觸鏡面就能自由來往。

這道門究竟是暫時關閉？還是只能進不能出？我開始深感不安。

雖然不像羽川，但我心情上像是孤零零被留在陌生的國度。即使是氣氛開朗的觀光區，不同文化的土地依然令人不安。

即使我曾經進行時光旅行，下過地獄，被送進不同的世界觀，但這次真的是整個世界的法則都不同……

規則不同的世界觀。

已知人物的角色設定不同，該怎麼說，這不是我振作就好的問題。例如光是火憐比我矮這件事，塑造我這個人的要素之一（對於妹妹身高超越我的自卑感）就崩毀，使我無法維持自我。

……總之，該怎麼說，雖然是這種形式，不過能再度見到八九寺真宵成長後的樣貌，我並不是不感到開心。

此時，這位八九寺姊姊將我拉過去。

「嘿！」

不是剛才那樣粗魯抱我，而是溫柔摟著我的頭。

「放心放心，不用這麼害怕。阿良良木小弟沒事的。大姊姊可以保證喔。雖然沒根據，不過是神明拍胸脯保證喔。」

八九寺姊姊輕拍我的頭。總覺得像是在哺乳，令我難為情。我已經不是能像這樣接受安慰的年紀，我可是昨天剛從高中畢業喔！我原本想掙脫，卻還是打消念頭任憑擺布。

這裡是異世界，說穿了算是鏡子映出的幻象，即使如此，八九寺成長後的樣貌就足以令我感觸良多。在二十一歲的她眼中，我或許像是她的弟弟，但是最熟悉十歲八九寺的我，覺得像是看見了女兒的成長。

基於這層意義，現狀我們的心情完全沒交集，不過十歲的八九寺也總是安慰我、協助我至今，所以要說差不多也確實差不多。

「……話是這麼說，但實際上又如何呢？」

八九寺姊姊終於放開我，在境內走來走去。總覺得這個神定不下心。與其說是走來走去，不如說她以我為中心繞圈。

「以前，你曾經為了拯救出車禍的我，進行時光旅行回到十一年前吧？當時你是怎麼回去，怎麼回來的？」

她沒放慢腳步，直接這麼問。

看來「十一年前的車禍」這部分的歷史維持原樣。也就是說，這位八九寺姊姊果然在當時去世吧。

正確來說，進行時光旅行回到十一年前拯救八九寺，是跳錯時間點的追加行動，實際上是要回到前一天補寫暑假作業，不過這時候應該不必刻意訂正吧。

「說到怎麼做……當時是用這座神社的鳥居當閘門……不，閘門是這座神社才對，但是這麼做沒什麼太大的意義……」

當時北白蛇神社是廢棄神社，忍利用聚集在這裡的靈能量開啟閘門。這個行為後來造成波及整座城鎮的大騷動，但是和時光旅行本身無關。

「是喔……」

真宵姊姊露出思索表情。

基於第一印象，我強烈覺得她是愛胡鬧的大姊姊，不過像這樣正經思索的樣子有模有樣，看起來挺可靠的。和我昔日在毀滅世界遇見的她有共通之處。

「那麼，雖然不知道相同理論是否行得通，不過只要製作這道閘門，應該就可以回去吧？」

「不，這……」

製作閘門的不是我，是忍。我原本想說出這個無須多說的事實，但這裡是鏡子裡。這麼一來，忍野忍——前姬絲秀忒·雅賽蘿拉莉昂·刃下心，該不會打從一開始就不存在吧？我對八九寺姊姊提到忍，她或許會問「這是哪位」。

不過記得在剛才，她雖然語氣有點見外，卻說過「前姬絲秀忒．雅賽蘿拉莉昂．刃下心」這個名字吧？

不對，要是打破砂鍋問到底，我至今的人生可能被否定，這種進展難以稱得上是悠哉。

然而，假設忍不存在，那我也不可能在那座公園認識八九寺。這方面的邏輯要怎麼整合？

「在這個場合……」

此時，八九寺姊姊像是看透我內心般說。

「應該不需要整合邏輯吧？」

「…………」

「在這個場合……應該說在這個世界，在鏡子裡沒有悖論喔。不，反倒可以說這裡的一切都會成為悖論比較好。這是邏輯學吧？」

八九寺解解說。

「邏輯學」這個詞從八九寺口中說出來，我覺得這就是一種悖論了，總之她繼續說下去。

「比方說，『阿良良木小弟是戀童癖』為真，反轉過來的『戀童癖是阿良良木小弟』、『不是阿良良木小弟就不是戀童癖』等說法就是假的。如上所述，悖論或矛盾都可以存在。當然，某些命題即使反過來也可以成立，所以『一切都是悖論』這話有點太重，不過你以原本世界的基準來看這個世界，應該會覺得很多事情『不合邏輯』吧？比方說即使我沒自覺，不過就你看來，我已經是充滿矛盾的存在吧？」

八九寺姊姊這麼說。

聽她這麼說就覺得正是如此。

既然八九寺成長到二十一歲，就代表她活到現在，但是十一年前的車禍似乎「真實存在」，就算她是活人神，在這種狀況肯定沒機會認識我，她卻是一副認識我的樣子。

這位大姊姊就像是矛盾的聚合體。

一點邏輯都不合。

即使如此，她也確實存在。

……還有，她打的比方好過分。

「不是阿良良木小弟就不是戀童癖」是怎樣？

「可以不合邏輯的世界——對於以牽強附會的手段解決各種事件至今的你來說，這個世界觀別說悠哉，甚至有點難熬吧。啊哈哈！」

「…………」

她或許想以開朗的笑容激勵我，但這番話真的令我難熬。

情報不足的現在，我不知道急著進行假設有多少意義，但如果刻意要定義，那麼我今天早上照那面鏡子的時候，鏡中影像動作沒有和我同步的那一瞬間映照的「世界」只是反轉而已，沒有溯及以往的歷史反轉……是這麼回事嗎？

「或許是這麼回事吧。因為我認識你說的忍野忍——前姬絲秀忒·雅賽蘿拉莉昂·刃下心，卻也同時知道這個世界沒有吸血鬼。知道不應存在的怪異名字，而且像這樣提及也不覺得這件事『奇怪』。就像是嘴裡說『要愛護生命』卻每天進食，面不改色地吞下矛盾，並不是其中一方在說謊。」

「…………」

存在著矛盾的世界觀。

……對於作家來說，這種世界觀簡直是夢想。若能免於遭受斧乃木的那種吐糟……但事情也反而變得複雜。

記得叫做「奧茲瑪問題」？向外星人口頭說明左邊與右邊的不同，是一件非常困難的事。

不過，如同這個世界不存在完美的球體，完全左右對稱的物體肯定也不存在於這個世界，所以我所知的世界以及現在身處的這個鏡之國，每一件事都有不同之處……

「不，阿良良木小弟，我想並不是這樣喔。並不是每一件事都反過來。不過換個方式來說，棘手程度反而增加就是了。」

「嗯？什麼意思？」

「拿火憐妹妹舉例，如果每一件事都『相反』，那她應該不是『妹妹』，而是『姊姊』或『弟弟』吧。本來不會在浴室的她出現在浴室，這或許是『相反』的狀況，不過出浴之後拿毛巾擦身體是正常至極的行為吧？如果連這個都嚴格要求相反，那就應該先泡在毛巾裡再淋浴。」

「我覺得這就不應該了……」

這可不是行徑古怪這麼簡單。

要是發生這種事，我在那個時候終究不會坐視吧。會詢問火憐是否正常。

並不是每一件事都反過來。

那麼，「哪些事」反過來了？我不知道反轉的基準。

考量到腳踏車的構造、水龍頭的位置以及文字都反轉，景色似乎一律反過來了，但是想到角色設定這部分就……

「你的另一個妹妹月火沒出現變化，很可能會成為另一個關鍵。不知道知識這方面怎麼樣。阿良良木小弟，1加1等於幾？」

「要用十進位回答？還是二進位？」

「死小鬼別耍嘴皮子，快給我回答。」

被瞪了。

年長的大姊姊狠狠瞪我。

「我是正經問問題，所以你可以也正經回答嗎？」

然後她溫柔勸誡。

這種恩威並施的手法，我差點招架不住。

如果對象是十歲的八九寺真宵，我們可以從這種牛刀小試開始聊個三小時，不過，哎，畢竟過了十一年，所以也理所當然吧，這位大姊姊已經不是我所認識的八九寺，褪去八九寺的特色了。

畢竟她講「阿良良木小弟」的時候不曾口誤咬舌頭，反倒是我咬過一次（她的耳垂）。

我對此感到一絲落寞，但如果她二十一歲的舉止還和那時候一樣，我會真的很擔心，所以這樣也好。

「…………」

不，或許這也是八九寺的個性「反轉」。感覺這個問題繼續想會愈陷愈深。

「1加1等於2。」

無論如何，我先據實回答。挺難為情就是了。

「嗯。那麼，100減50呢？」

「50。」

「9乘7、9除3呢？」

「63、3。」

逐一測試加減乘除。

算術法則並不一定通用於任何地區……但在這個鏡之國似乎通用。

「嗯。那麼，我也問幾個算術以外的問題喔。」

真宵解解說。

「好的，請放馬過來吧。」

「可以先問理科的問題嗎？」

「嗯，我知道了。」

「海馬是哪類生物？」

「慢著，我不知道。」

麻煩問大眾一點的問題。

「太陽系最大的星球是？」

「土星。」

「這樣啊。不過在我們這邊是太陽。」

「不准問這種陷阱題！」

「咦？你對年長大姊姊用這什麼語氣？我可是為了你而盡心盡力耶？」

「…………」

好難應對……

其實我早就知道這個整人題目，明知答案是太陽，卻基於緬懷十歲八九寺的心態而故意中計，卻完全聊不起來。

對話時的年齡差距果然很重要……我深切體認這一點。

「還有，就算是整人題，我們這邊的答案也是木星。」

「對喔！」

我故意上當，卻還是答錯。看來不用等放榜，考試結果也可想而知。感覺我想回到原本世界的動機大減。

不，我可不想在這種充滿矛盾的世界終老一生。

雖然這麼說，但是依照八九寺後續的確認，在知識或一般常識這方面沒有太大差異的樣子。「無人出其右」或「意見相左」這種慣用句也沒相反。

即使許多人就我所見變成左撇子，也似乎是將「右撇子」說成「左撇子」的原因。唔～～真的是奧茲瑪問題。

「總之在因果關係……應該說物理法則這方面沒有跟著反轉，可以說是僥倖吧。如果連『做了〇〇會變成╳╳』這種預測或推理都反過來，接下來根本無計可施。」

「別大意喔，因為始終只限於我們確認過的範圍。不過要是過於謹慎，就某方面來說會成為『反』效果。」

真宵姊姊說到這裡，觸摸我的頭髮。總覺得這個大姊姊的肢體接觸過剩。

我這個年紀的男生會不好意思。

「哎，暫時總結至今的狀況，你回到原本世界的方法大概只有一個。」

「只有一個？範圍突然縮得這麼小？」

我希望能更廣泛地思考可能性，不過我是來求神的，所以不能奢求。

回想起來，我只捐了四圓香油錢就厚臉皮想請神明降福，所以只能乖乖洗耳恭聽。

突然迷途闖進異世界，我內心感到無所適從，但是在另一方面來說，我這時候輕率地抱持些許期待。無論這裡是異世界還是哪裡，這應該是新任神明（菜鳥神？）八九寺的第一個工作吧。

與其說洗耳恭聽，不如說我想見識她的本事。

好啦，八九寺姊姊要怎麼救我？

……遵循「人只能自己救自己」這個主義的忍野咩咩聽到這句話，大概會瞧不起我吧。我可能會因而受罰。

「只能請前姬絲秀忒・雅賽蘿拉莉昂・刃下心開啟鬧門了。」

不過，八九寺姊姊說的是這個方法。

「…………」

「怎麼一臉不滿？就我所知，那個怪異殺手是無所不能的犯規角色，在鏡之國製造出入口這種小事應該做得到吧？」

「沒有啦，哎，這個嘛……應該不是做不到吧。」

我不知道。

使用龐大的能量就可以移動到不同的時間，物理學並不是沒有這種學說……的樣子，但是物理課不會學習如何移動到異世界吧？

不過，既然「移動到不同時間」也算是「移動到不同世界」的其中一類，那麼那個稀有種、怪異之王、屬於例外存在的怪異，如果是處於全盛期，或許就做得到這種事。

因為全盛期的那傢伙，大概像是魔人普烏那樣無所不能。

不過，在她處於幼女狀態的現在，再怎麼樣都不可能做得到。就算她勉強做得到，到頭來……

「忍不是不在這個世界嗎？」

我重新這麼說。告知她不在這個世界。

「這裡是鏡之國，所以吸血鬼無法存在。我是忍的眷屬，我想過自己或許也做得到相同的事，但我做不到。既然我在這裡，我們的連結肯定處於極度接近中斷的狀態。跟我下地獄的時候一樣，和忍斷絕連結的我等同於普通人。」

「阿良良木小弟，我沒勉強你做這種事喔。開啟鬧門的始終是前姬絲秀忒・雅賽蘿拉莉昂・刃下心。」

八九寺姊姊每次都說全名，但果然完全沒口誤。

「可……可是，就說了，忍不在這裡……」

「就算不在『這裡』，請她從『那裡』開門不就好了？」

神這麼說。

「既然不在這裡，就代表她在那裡吧？而且，既然和你斷絕連結，那位傳說小姐現在不就從束縛中解脫，回復全盛期的實力了？」

「…………」

這稱不上是無懈可擊的妙計。

某些細節應該要問清楚才行，不過這確實是我沒想到的聰明做法。

確實回應了我的願望。

這傢伙是怎樣？

用不著我擔心，她這個神當得挺稱職的嘛。

「哈哈哈，這正是《絕無僅有的聰明做法》。科幻作品三大帥氣書名之一。我沒看過就是了。」

她這番戲謔的語氣，隱約透露十一年前八九寺的氣息。

「……順便問一下，另外兩個是？」

「《月亮是無情的夜之女王》以及《仿生人會夢見電子羊嗎？》。我都沒看過。」

（註2）

「都沒看過嗎……」

看一下好嗎？

註2　此為日文譯本書名，原書名分別為《The Only Neat Thing to Do》、《The Moon Is A Harsh Mistress》、《Do Androids Dream of Electric Sheep?》。

先不提我身陷的現狀是科幻還是奇幻，但我確實獲得一絲光明。要請忍從另一邊開啟閘門。

留在那邊的忍，肯定很快就察覺我被捲入某種異狀，即使身為吸血鬼無法進入鏡之國，既然回復為全盛期，開門這種事應該難不倒她。但她最近一直重複變大或變小，真的造成她很大的困擾吧。

這麼一來，問題就在於如何將這個點子傳達給另一個世界的那傢伙。

回家敲一敲那面鏡子就好嗎？

像是敲門那樣就好嗎？

不，那面鏡子已經回復為普通的鏡子，即使那面鏡子本身有什麼蹊蹺，忍也不一定會站在鏡子前面……

現在的那傢伙既然回復為全盛期，身影就不會映在鏡子裡，她也不會刻意照鏡子吧。如果我被鏡子吸入時叫她的聲音傳達給她，那就另當別論。

不過，那傢伙最近真的是一下子變大，一下子變小，確實是累了……我那樣叫卻叫不起來，也是很合理的事。她醒來發現我突然消失，也只會驚慌失措，總不可能認為我變成鏡之國的阿良良木（真拗口）吧。

這麼一來，因為實力過於強勁，絕對稱不上是頭腦派，又因為活太久使得精神也磨損得差不多的她，或許只會陷入恐慌，無法查到我的下落……傷腦筋。

「寫信放桌上，能不能傳達到另一邊？」

「不，那邊的動作好像沒有和這邊同步……始終只是在那一瞬間擷取……」

這麼說的話，阿良良木家盥洗室的鏡子，為什麼會在那一瞬間成為通往異世界的閘門？

是基於什麼原因嗎？

專家說過，怪異是基於合理的原因出現，但是這次過於唐突，難以想像隱含什麼必然性。

視為偶然發生的超自然現象，可能性還比較高。也就是所謂的「神隱」。遭遇神隱的我像這樣跑來求神，說起來挺諷刺的……

和忍聯絡的方法是嗎？以眷屬身分進行心電感應或許比較快。

「……總之，阿良良木小弟別急，慢慢來吧。因為並不是立刻就攸關生死。如果你妹妹和你認知的不一樣，會讓你看到她們的時候不舒服，那你也可以住這裡。」

八九寺姊姊貼心這麼說。不，哎，我看到小個子火憐不會不舒服（反倒覺得有趣），但是老實說，我不樂見演變成長期戰。

因為如果我考上大學，就還要辦理入學手續……我至少得在這幾天回去。

「啊啊，我都忘了……你這陣子很努力唸書。那麼……唔～～就放棄拜託小忍，去你所說通往這裡的洗臉台前面，耐心等待鬧門再度開啟……這樣呢？」

「…………」

這稱不上是聰明做法，不過考量到有一就有二，這也是一個方法。

只不過，缺點在於這個「二」不一定會在數天內發生。說不定是在千年後，而這就是致命的缺點。可以理解八九寺姊姊為何一開始排除這個選項。

而且實際上，我也沒辦法一直站在那個洗臉台前面。因為通往浴室的那間盥洗室是全家共用。

家人洗澡的時候，我肯定像今天早上一樣被趕出去。如果是妹妹們，我還可以賴著不走，但如果是爸媽，我就不得不離開，加上鬧門可能在這時候開啟，所以這個作戰破洞百出。

即使沒這個問題，我也不可能整天二十四小時瞪大雙眼監視盥洗室。和忍斷絕連結的我，現在只是個普通人，必須進食與睡眠，不可能像是住在盥洗室一樣寸步不離。

哎，不過優點在於我累了可以立刻泡澡，不過這種優點究竟有什麼……

「啊！」

「呀！」

我靈機一動大喊，受驚的八九寺姊姊隨即發出超可愛的尖叫。這一聲可愛到讓我差點忘記冒出的點子（回想少女時代的八九寺，我只聽過她「呀啊～！」的慘叫聲），幸好勉強以一根小指勾住這個點子的尾巴沒放。

「怎……怎麼了，阿良良木小弟？突然叫得這麼大聲……」

「神原家。」

我毫無鋪陳，劈頭這麼說。

「記得神原家的檜木浴室……」

007

總歸來說，類似是占卜。而且是小學女生會做的那種平凡無奇的占卜。神原家歷史悠久，完全沒留下這種傳說反而奇怪。

我是在將近一年前聽說的，所以也沒辦法講得很明確，不過記得是這樣的傳說。那個傢伙家裡的檜木浴缸水面，偶爾會映出將來結為連理的異性面容。

這個傳聞可愛到令人不忍心毫不識趣地潑冷水，我自己也覺得像這種東西求救不太對，不過既然這個傳說和神原駿河的母親，也就是臥煙伊豆湖的姊姊——臥煙遠江有關，那就另當別論。

呈現完全不同的樣貌。

雖然遠江小姐已故，但她只要和劇情主線扯上關係，物語就會變得和以往完全不同。實際上，我在高中生活經歷的怪異奇譚，要說一半以上以某種形式和她扯上關係也不為過。

這個傳說本身屬於神原家，但是既然神原的父親曾經在水面看過臥煙遠江的面容，那麼可以認定那間檜木浴室存在著「某些東西」。

某些東西。

至少值得一試。

「鐵人兵團」裡的大雄正是拿靜香家的浴室當成出入口，不過，就算我推測那間檜木浴室可能成為通往原本世界的閘門是我期待過度，說不定至少可以成為聯絡用的通話口吧？

我看向水面的時候，如果映出我以外的某人，或許可以傳達訊息給對方……

若是會映出將來結為連理的對象，我希望務必是映出黑儀的面容，但是基於「搭檔」的意義，或許水面會映出忍，這麼一來，事情就簡單多了。

當然也可能沒映出任何人。水面或許到最後只會映出我的呆臉。

只不過，比起一直注視自家洗臉台，這個點子應該更具建設性吧。

「嗯，那麼，阿良良木小弟就去駿河小妹家拜訪看看吧。為求謹慎，我也用我想得到的方式查查看。或許我已經想不出點子，但其他的神或許有更多不同的點子。」

八九寺姊姊也贊成我的意見。即使她成長了，即使這裡是異世界，看她願意幫我動用神明人際網，就知道她是個好人。

只不過……原來在這個鏡之國，八九寺稱呼神原為「駿河小妹」啊……以年齡差距來看確實沒錯，不過還真的無視於邏輯為何物。

所以我下山之後，獨自騎著越野腳踏車前往神原家。路程沒有很遠，我很快就抵達目的地。

只要認知到左右相反，腳踏車我也差不多騎得順了，左右反轉的風景也逐漸看慣，看來人類凡事都可以習慣。

不過，要是過於融入鏡之國，回到原本世界的時候就麻煩了。到時候我只寫得出鏡像文字，綽號會變成李奧納多・達文西喔。

要是被稱為萬能天才怎麼辦？

我會害羞的。

神原家。

這裡是一棟氣派的日式宅邸，甚至想令人稱為「神原府」。據說電視有十一台左右。

我每個月會空出兩天，進入這棟「府」內幫神原整理房間（那間檜木浴室我也借用過好幾次，所以直到最後才想起來），不過每次像這樣站在門前都會受到震懾。看來人類還是有習慣不了的事。

門當然也左右相反，門鈴也在反方向。

相反。

完全是鏡子裡的世界。

雖然很難說明詳情，卻也不能擅自闖進別人家的浴室（即使是熟門熟路的別人家也一樣），所以我想徵得神原的許可……但即使真正來到按門鈴的階段，我依然畏縮不前。

雖說要徵得許可，不過仔細想想，這個鏡之國的神原駿河，或許和我認識的神原駿河完全是不同的人……畢竟就至今的統計所見，像是月火這種毫無變化的案例是少數。

為了拜託知心學妹神原幫忙，我內心沒什麼抵抗就來到這裡（我這學長真令人頭痛），不過在這個世界觀，神原不一定是那種豪爽充滿男子氣概，只要我有難隨時兩肋插刀的那種傢伙。

「我尊敬阿良良木學長，但要借浴室就免談。」

恐怕會像這樣不帶情感地回應我。

要是聽到神原講這種話，即使腦袋知道這裡是異世界，我也會一蹶不振。

會一輩子留下陰影。

想到這裡，正要按對講機的手指就停住了。但我輕聲一笑。

「呵……」

我究竟在白操心什麼？

月火以外的她們——無論是火憐、斧乃木或是八九寺姊姊，確實都和我認識的她們不一樣，不過她們基本上的個性不是都沒變嗎？

即使是成長之後的外型，八九寺現在也正為了我而採取行動。因為表情豐富而盡顯惡劣性格的斧乃木，真要說的話也一如往昔。

儘管反轉還是逆轉，她們依然是她們。神原肯定也不例外。

我自認彼此維持這麼堅定的信賴關係。

而且，為什麼要故意想得這麼負面？反倒是神原令我覺得「有點不以為然」的部分，可能因為反轉而抵銷吧？

不色情的神原駿河。

不是被虐狂的神原駿河。

不再不檢點的神原駿河。

只嗜讀文學，內衣確實穿好，行走時端莊典雅，對於無才之人溫柔以對，對於怕生之人知所進退，總是謙恭有禮的神原駿河……這是哪位？

不過，我雖然喜歡男孩子氣的神原，卻也只有這種機會見得到舉止端莊的她吧，所以我也希望有幸瞻仰。

這麼想就甚至挺期待的。神原駿河究竟會是什麼樣的神原駿河？

說得也是。想太多也不好玩。

畢竟我推理能力強，搞不好會不小心猜中。

這段時間一直進行嚴肅的戰鬥，所以希望內心有餘力享受這種悠閒的演變。

回想起來，傳送到異世界是不得了的遭遇，但我就成為能夠享受這種危機的寬容男人吧。

要成為在槍林彈雨也能談笑風生的太空海盜眼鏡蛇。

我如此下定決心，伸出精神感應槍……不對，是伸出普通的手指，按下神原家的對講機。

我以為按下去了。

不過，手指被往回推。

「…………？」

一時之間，我不知道發生什麼事。

這是當然的，現代日本哪有人會被對講機往回推的？不管在哪個時代或任何世界都沒有吧，但我至今的歷練也不是抱持著半玩樂的心態。

套用那部名作《幽★遊★白書》的宣傳標語，就是「我可不是平白去過那個世界喔！」這樣。

即使堪稱完全不具備戰鬥能力，但是關於迴避危機的能力——說穿了就是逃跑技能，我自負非同小可。

與其說自負，不如說我總是輸家，總之在這個時候的我，好歹能夠臨機應變往後跳。不然我右手手指肯定會吃蘿蔔乾吧。

慢著，可不是吃蘿蔔乾這麼簡單。

會骨折，而且是粉碎性骨折。

因為嚴格來說，將我手指往回推的不是對講機，是後方的門柱。

不對，也不是門柱。正確來說，對講機與門柱都只是「壞掉」。承受來自內側的壓力而損毀。

果然，從破碎門板後方伸出來的是「拳頭」。

「啊……」

這一「拳」原本不是人類視力捕捉得到的速度，我之所以認得出來，是因為我早就知道它的「真面目」。

拳頭——手掌。

我早就知道是那條「猴掌」。

「……啊啊啊！」

話說在前面，這不是我的慘叫聲。

老實說，我嚇到啞口無言，根本沒有餘力慘叫。換句話說，這是和「猴掌」一起從門後登場的「她」發出的叫聲。

是叫聲，也是哭聲。

「雨……」

我好不容易開口叫「她」的名字。

破門登場，明明是沒下雨的大晴天，卻穿著雨衣、雨帽與長靴的「她」。

「雨魔……！」

不。

即使如此，我還是應該這樣叫她吧。

稱呼「她」為「神原駿河」。

「啊……啊啊啊啊啊啊啊啊啊啊啊啊啊啊啊啊啊啊啊啊啊啊啊啊啊啊啊啊啊啊啊啊啊啊啊啊啊啊啊！」

雨魔（或者說是神原駿河）放聲咆哮。

然後，她和昔日一樣這麼說。

「可……可恨！」

「…………！」

別說進浴室，這樣下去我反倒將會浴血而死。

我說不出什麼好比喻，就這麼跨上越野腳踏車。

居然會這樣。這哪是什麼悠哉計畫？胡鬧。

在這種大白天出現這種超危險級的怪異？不知道我在去年五月被這個猿猴惡魔

修理得多慘嗎？

當時還失去一輛愛車。我猛踩踏板，以免借來的越野腳踏車重現這一幕。

我落荒而逃。

混帳！這是哪門子的世界觀？

偏偏因為神原駿河「反轉」，導致那個雨魔再度登場……

「可……」

本應逐漸從我背後遠離的聲音，接近過來。

「可恨可恨可恨可恨可恨可恨可恨可恨！」

即使腦袋知道不能回頭，必須專心前進，還是忍不住因為恐懼而回頭。

然後理所當然覺得早知道不要看。

所謂的「飛簷走壁」。

雨魔以直角跑在神原家外圍的圍牆，追著我與越野腳踏車而來。「她」每踏出一步，白色圍牆就被踩壞，粉碎得像是麵粉。

恐怖的暴力角色。

說到唯一的救贖，就是她現在穿著長靴。比起慢跑用的運動鞋不易加速。

即使如此，依然比左右相反的越野腳踏車全速騎乘的速度快，彼此的距離愈來愈近。慘了，和忍斷絕連結，現在不具吸血鬼性質的我，身體完全挨不了那個「猴掌」的任何一招。

這樣下去，我將會無從得知自己是否考上大學，就這麼在莫名其妙的異世界喪命。真是的，不合邏輯也要有個限度吧！神原要怎麼以雨魔的身分度過日常生活至今啊？八九寺也是，她為什麼將這個神原稱為「駿河小妹」啊？

我一邊亂發脾氣般咒罵，一邊轉彎。以這個速度轉彎難如登天，但我認為如果轉彎遠離飛簷走壁的神原，她應該沒辦法立刻追上。

幸好越野腳踏車適用於這種特技騎法。既然直線速度會輸，這邊就只能以花式對抗。

我如此心想，但我太膚淺了。思考方式錯誤。

我明明知道神原駿河的「腿力」本質其實不是速度，是跳躍力。

如同要追上轉彎的我，雨魔往神原家的圍牆一蹬，和地面平行一跳，始終以直線路徑追著我跑。

換個角度來看，這是跳高。

她跑到我身旁，然後超越我。

「可恨！」

憎恨不斷增幅。

神原駿河滿懷這種憎恨跳到我前方，就這麼在半空中，將握緊拳頭的那隻左手揮向我……左手？

咦？

我甚至忘記煞車，也忘記放開龍頭保護自己的要害，就這麼愣住。左手？

不對，確實是這樣沒錯。

神原昔日許願的猴掌是「左手」。正宗的「猴掌」是右手，但她的母親——臥煙遠江留給女兒的遺物是「左手」。

所以，神原左手總是包著繃帶。繃帶底下是向怪異許願的代價，毛茸茸的動物手臂。

之前成為雨魔的時候也是這樣。身穿雨衣加長靴的她，以「左手」破壞我的身體與腳踏車。

這個印象過於強烈，所以我至今沒察覺，不過……慢著，這很奇怪吧？在這個「鏡之國」，神原駿河反轉成為雨魔，這我還可以接受，既然這樣，神原的「猴掌」應該是右手吧？

右手與左手。

鏡子裡的影像是左右反轉。

既然原本是左手，就應該反轉為右手才對。

「……可！恨！恨恨恨恨恨！可恨可恨可恨可恨可恨可恨可恨！」

……我只能想到這裡。

大概是多普勒效應，神原的咆哮逐漸變得不完整，我一邊聽著她的咆哮，一邊主動撲向那隻無法理解的「左手」。足以將門板打成粉碎的破壞力，應該可以輕易將我的身體當成黏土工藝摧毀吧。

「哈……」

我笑了。

真是的，明明小扇告誡過那麼多次，我還是打從心底拿自己沒轍。

神原駿河。雖然我不想死，但是被妳殺死也不壞。

到了這個節骨眼，我冒出這種想法。阿良良木曆真的是沒救到令人想笑，令人想哭。

小扇，妳說得沒錯。

不過，即使到了這個節骨眼，即使身在異世界，我終究沒辦法討厭神原駿河這個學妹。

「可恨可恨可恨可恨可恨可恨可恨！」「喵哈哈哈哈哈哈哈哈！」

就在這個時候，貓叫聲和猴叫聲重疊。

然後，我連同腳踏車被往上撈。

008

熱帶草原的肉食獸搶走獵物——我有這種感覺。對於被搶的我來說，我只覺得神原左手即將插入我心臟的時候，我在最後關頭被另一個捕食者擄走，不過對於擄走我的當事人來說，應該是從容哼歌心不在焉就隨手把我搶來吧。

當事人——當事超人。也可以說只是一隻普通的貓。

總之，在騎車時被從旁一撞的我，從暈眩狀態清醒時，位於完全不同的地方。

我位於完全不同的地方。被抓到完全不同的地方。

不過，我記得這裡。雖然始終包括左右反轉的設定，但我記得這裡。

這裡是浪白公園。前幾天我終於得知正確念法，非常熟悉的公園。

我成為大字形，躺在公園的廣場。腳踏車就在一旁，車輪持續空轉。

太好了，總之小扇的腳踏車平安無事。

但是不提腳踏車，我很難稱得上平安無事。不，並不是神原的拳頭擦到我，我沒受傷，不過強烈的疲憊感籠罩全身。

也不是全力騎車要逃離雨魔的追擊所造成的。我終究沒那麼柔弱。

這是剛才被抓走時，被「吸取」的結果。

是的，是因為貓。障貓這個怪異的特性——「能量吸取」造成的。

「喵哈哈哈哈！」

和腳踏車反方向，我不確定應該說是右邊還是左邊，總之對方在我所認知的右邊，以四肢著地的姿勢，像是看好戲般看著我。

如今也不必賣關子了。

是黑羽川。

「…………」

即使疲憊，我好歹也能轉動眼珠，確認她的外型。留長到背部的雪白頭髮，大大的貓耳。

而且只穿內衣。

意外難以確認實際存在的小圓點花紋，而且是無肩帶設計的胸罩，加上前後以大荷葉邊點綴，質地厚實的黑白條紋內褲。

上下不同款式的搭配，相較於成套內衣別有一番風味……不對，現在不是詳細描寫內衣種類的場合。

該怎麼形容眼前的黑羽川？最初期設計的黑羽川？不是文化祭前的黑羽川，也不是暑假後的黑羽川，是黃金週那場惡夢時，最凶暴難以應付的黑羽川……

理解這一點的我，察覺像這樣大字形躺在她面前非常危險。我現在這樣是俎上之肉，是被貓凌虐的鼠。

看來我已經逃離雨魔的追擊，但是危機完全沒有消除。

「還有，在貓面前躺平，這種雙關語笑話也太沒深度了……」（註3）

「喵哈哈哈哈哈！」

……不過，笑點很低的黑羽川，聽到我這句低語之後捧腹大笑。那個，可以不要用羽川只穿內衣的身體四腳朝天大笑嗎？

「哎呀～～人類真好玩喵。你真的很有品味喵。」

黑羽川笑夠之後站起來，俯視橫躺的我。

不過以羽川的胸圍做這個動作，我看不見她的臉。

「話說回來，我還沒聽你道謝喵？好歹說一句謝謝如何喵？」

「…………」

我一瞬間猶豫，然後開口。

「……謝謝。」

總之，即使她基於何種意圖，即使我之後會遭遇何種下場，她確實救了我。

不過從這個構圖來看，我好像在向胸部道謝……

「喵哈哈哈，無須多禮喵。」

註3　日文「貓」與「躺平」音近。

黑羽川一邊強迫道謝，一邊愉快地這麼說。這部分不是她個性不好，是她頭腦不好。

看來她的智商和我所知道的黑羽川一樣。但我不知道對此該如何判斷。

以黑羽川的狀況，與其說她笨到有機可乘，不如說她是一座要求她說明也沒用的少根筋要塞……

我不知道如何跟她溝通。

「話說人類，你要躺多久喵？就算剛才碰到的時候吸取過能量，也只是一瞬間的事喵。肯定沒造成太大的傷害喵。」

「…………」

貓啊，如果妳當真這麼說，那妳就誤判了……我躺著並不是要引誘妳大意，而是千真萬確連一根指頭都動不了……

裝乖模式的羽川一直很高估我，看來黑羽川在這方面和她有共通點。

不過先不提身體，我的精神……思緒變得清晰多了。這可以說是羽川翼（即使是黑化版本）只穿內衣站在我身旁帶來的恩惠。不是能量吸取，是能量注射。

但是思緒清晰之後，塞滿腦海的不是驚嘆號，是問號。

「黑羽川！妳怎麼在這裡！」

不是這樣。

「黑羽川？妳怎麼在這裡？」

是這樣。一堆問號。

不，因為，這很奇怪吧？

黑羽川在那時候，在暑假結束那時候，不是已經被羽川翼接納進入內心，而且永遠消滅了嗎？

唔～～慢著慢著……

基於各方面的意義，我在這種狀況難以冷靜，不過神原駿河反轉之後成為雨魔，由此推論，羽川翼反轉之後應該會成為黑羽川……吧。

不過，到頭來，羽川不是已經出國了嗎？

在這個「鏡之國」，連這種「事實」都會反轉嗎？嗯，這也很有可能。

什麼都不奇怪，什麼都有可能，即使矛盾也沒關係的世界。

「喵哈哈，人類，你好像在思考很多事喵。不過，你想太多了喵。明明只要接受如你所見的原汁原味就好喵。」

「如我所見……」

我毫無意義複誦黑羽川這句話，抬頭看她。不過即使抬頭，映入眼簾的依然是那對巨大的南半球。

接受如我所見的這種光景是怎樣？

如果她不肯稍微站遠一點，氣氛大概沒辦法變得嚴肅吧，不過我在這時候察覺一件事。不對，察覺之後就發現，我至今都沒察覺這件事很奇怪。要說罕見花紋的胸罩令我眼花也完全稱不上藉口。

身為羽川翼的信徒，我應該感到可恥。

不，一般來說這是正確答案，所以這時候反省過度也絕對無法造就未來。

我察覺的是胸部。黑羽川——也就是羽川翼的乳房。

不當成一對，而是分成左乳房與右乳房觀察，會發現右乳房大了一點。

通常因為心臟在左側，所以女性的左胸發育得比較好，不過大概是唸書的時候使用慣用手過度，羽川的右胸比左胸大。雖然是極細微的差距，但我的眼睛可不是裝飾用的。

要是對羽川說出這件事，我的眼睛可能會變成裝飾用的，不提這個，胸部的左右差距在現在維持原樣。即使在「鏡之國」也維持原樣。

和神原的「左手」一樣。

沒有反轉，沒有逆轉。

「慢著慢著，別慌張……視力確認是有極限的。為了平息胸口的這股騷動，我得親手確認造成騷動的這對胸部才能斷言。」

「你這傢伙，要是膽敢用現在的心態摸老娘胸部，你真的會沒命喔。胸口的騷動會成真喔。」

黑羽川說著退後一步。我終於得以看清她的臉。

「……………」

我稍微放心了。

因為，她表情柔和。

雖然外型是黃金週那時候凶暴又凶惡的黑羽川，但她散發的氣息最接近暑假後的黑羽川。

不過這部分也格格不入……

感覺不合邏輯就是了。

既然這樣，我應該可以率直認定她救了我一命。

「我說啊，黑羽川……」

我開口說。

看來口齒終於變得清晰了。

「可以只回答我一個問題嗎？」

「好啊，前提是老娘回答得出來喵。」

「以妳的狀況，這個前提可不是開玩笑的……那個，我確認一下，這裡是『鏡之世界』對吧？」

「天曉得喵。」

黑羽川隨即笑得暗藏玄機。

「雖然並不是不能回答，不過老娘是這個世界的居民，你問這種問題，應該也得不到你想要的答案喵。無論我說什喵，也證明不了任何東西喵。」

「…………」

「所以，老娘沒辦法回答這個問題，相對的，可以只給你一個忠告喵。老娘猜得到你造訪那個家的目的，但你過不了『猴掌』那一關喵。」

這是無須多說的忠告。

但是聽她這麼說，我腦中的問號又增加了。為什麼黑羽川「猜得到」我造訪那個家的目的？

黑羽川明明是這個世界的居民……

「……黑羽川，我駁回妳的忠告。」

「忠告是可以駁回的喵？」

「無論如何，我非得去神原家的浴室一趟。」

「如果只看這句話，實在令人摸不著頭緒喵。」

「所以我換個問題。黑羽川……究竟是誰拜託妳來救我的？」

「喂喂喂，為什麼斷定是別人拜託的？」

「…………」

聽她這麼反問，我才發覺沒有根據。

覺得自己無的放矢。

我只是認為，無論這個黑羽川是哪個時代的黑羽川，這傢伙終究不可能積極幫我。假設真是如此，那就可能是某人指使的。

「喵哈哈，這個問題也跳過喵。然後因為拒絕給你這個提示，我就另外給你一個建議喵，這樣你應該可以接受喵。如果無論如何都必須進入那個家，就不要一個人去喵。要和搭檔一起去。」

「搭檔……」

「喔，別期待老娘喵。因為你猜得沒錯，阿良良木曆，老娘很討厭你喵。」

黑羽川說出我的名字。

依照我的記憶，她這個怪異是第一次說出我這個人類的名字。

不過在這邊的世界觀，這種事或許是理所當然吧。

「貓……不對，羽川，告訴我。妳究竟……知道什麼？」

「老娘不是無所不知喵，只是剛好知道而已喵。喵哈哈哈哈！」

到最後，黑羽川完全沒回答我的問題，也不等我的回應，就這樣離開浪白公園。

如同視線只在瞬間相對的野貓，身手矯健地離去。

009

得稍微重新思考才行。

得更改認知才行。

我這麼做，黑羽川或許又會笑我想太多，但我沒辦法像那傢伙一樣放空腦袋。我忍不住就會思考。因為現在的我無法使用吸血鬼技能，能做的頂多只有思考。

聽八九寺真宵大明神說「這裡」是鏡子裡的時候，我即使受驚還是接受，不過看來事態逐漸無法單純這麼斷言了。

神原的左手。羽川的右胸。

我不是只針對這兩點，但我接連遭遇的那兩人，她們「反轉」的模式和至今的例子截然不同。

話說，她們怎麼變成怪異了？

這樣很怪異吧？

那是怎樣？

猿猴、貓。雨魔、黑羽川。

還有，對，月火那件事果然怪怪的。

我至今遇見的人，只有阿良良木月火沒有異狀，這是基於什麼理由……？

可惡，這麼一來，我開始憎恨自己為人孤僻，憎恨自己交友不廣。即使觀察路人，但我不知道這些人原本的樣子，所以無法判斷他們產生什麼變化，或是沒產生什麼變化。

人生最重要的資產是朋友。沒想到我是以沒朋友的角度理解這句箴言……太悲哀了。

想到這裡（身體總算能動時），我定下今後的方針。不，即使不提是否賭氣的問題，在這個狀況接受黑羽川的建議很危險，不過若是再度空手挑戰神原家，那就不只是魯莽，而是愚蠢了。

我不知道她要我找搭檔一起去神原家的意思。說到我的搭檔，當然只有忍野忍一人吧，但是要和這個搭檔接觸，我就得進入神原家的檜木浴室。

連這個推理都已經開始不可信了，即使這裡是「鏡之國」，也不能放任前因後果接不上。所以這個建議本身先放在一旁。

為了重新認知現狀，應該說重新進行戰局評估，我想去書店一趟。

至於為什麼要去書店，當然不是因為我看過黑羽川的胴體，心癢難耐想去買A書。

雖然我在現實世界沒什麼朋友，但如果是歷史上的人物，多虧先前準備大學考試，我還挺熟的。查閱關於歷史人物的記述，或許可以理解「這裡的人是如何反轉的」。

也就是想要增加樣本數。

不必解讀厚重的歷史書籍，看小學參考書就好。像是織田信長、德川家康、拿破崙或林肯，只要知道這些人的記述和我知道的有何差異，肯定能協助我理解這裡的世界觀。

和八九寺姊姊「確認知識」的時候，主要著重於數理方向，所以這部分成為盲點，但是既然人格或體格「反轉」，那麼即使歷史本身沒改變，人物肯定也有某些變化。

有人和神原或羽川那樣產生明顯變化也不奇怪……不，這應該是我過度期待（真要說的話，確實有歷史人物經過傳承成為怪異），但或許可以發現和至今不同的變化模式。

我抱著這個念頭扶起腳踏車，姑且再次確認沒有損壞，搖搖晃晃踩著踏板前往這座城鎮唯一一間大型書店。黑羽川的能量吸取，我花了好幾個小時才回復，所以我在心態上想趕快將浪費的時間補回來，不過從結論來說，這個行動完全是白費力氣，揮棒落空，是毫無意義的調查。

不，「調查偉人」這個構想本身應該不是毫無意義，但我從書籍尋求答案是失敗的做法。當我進入書店，思索應該要買哪本書的時候，發現文字全部左右反轉，完全看不懂。

終究是鏡像文字，要看懂每個字應該不會很難，但要理解文意就很難了。腦袋完全無法吸收。看書就像是遭到能量吸取，消耗感非比尋常。我早早就放棄從這個方向下手。

雖說放棄，但我也沒有別的方法……要回去北白蛇神社嗎？不，八九寺姊姊應該還沒回去吧……那麼在和她會合之前，我想再挑戰一兩種方法。

這麼一來……總之，雖然我不願意，應該說我抗拒得不得了，但也只能執行原本應該首先選擇的指令了。那就是回到阿良良木家，找那個厚臉皮坐鎮在妹妹房間的布偶女童，也就是向專家請益……

她的招牌表情與語氣令人火大，這一點簡直天下無敵，加上她也是發生異狀的當事人，我認為問她任何問題都不可靠，但在幾乎所有人反轉的這個世界觀，以這個標準選擇商量的對象應該沒意義。

沒什麼，既然招牌表情令我火大，別看她就好了。

仔細想想，斧乃木個性惡劣也絕對不是現在才開始的事。

不只是個性惡劣，還是個囂張的女生。以這個心態來面對斧乃木吧。我如此下定決心，朝著返家的方向前進。火憐與月火這兩個妹妹肯定早就出門購物，所以現在的條件比上午還好，可以毫無顧忌和斧乃木交談。

即使成為吵架互毆的最壞狀況，也可以將被害控制到最少……我原本是這麼想的，但是看來這個「鏡之國」的世界和原本的世界一樣，我的行動並非都能順利進行，應該說並非都能按照計畫進行。

不，即使如此，以劇情進展來說，「這種結果」也太不合邏輯了，講難聽一點甚至是一種惡搞。

我回到家門口，停好腳踏車，從玄關進屋。妹妹們外出之後，屋內除了一具布偶之外，肯定空無一人才對。

大概是對我打開玄關大門的聲音起反應，我不認識的女生從二樓下樓。我真的不認識她。

短褲加上小可愛，底下沒穿胸罩。

雖然不是只穿內衣，裸露程度卻幾乎等於只穿內衣，一頭蓬鬆短髮的女生。

如果她是妹妹們邀請到家裡的客人，也太把這裡當成自己家了，甚至是真的把這裡當成自己家，完全是住在這裡的感覺。怎麼回事，在這個世界觀，難道我有第三個妹妹？大隻妹、小隻妹，然後終於有一個中隻妹？大隻妹變得比小隻妹還要小，已經是很複雜的狀況，卻在這時候出現第三人……不對，感覺這女生的年紀應該是長女？

她眨了眨眼，注視陷入混亂漩渦的我。

「什麼嘛，是曆啊。害我緊張一下。」

她這麼說。以鬆一口氣的語氣說。

一瞬間，我搞不懂她是基於什麼心態鬆一口氣，不過看脫鞋區沒有火憐與月火的鞋子（相對的，有一雙我早上沒發現，而且是第一次看見的涼鞋。是她的鞋子？），她好像正在獨自看家，確定不是小偷闖空門而放心。不過，她在看家？

這麼一來，她果然是第三個妹妹……可是，她剛才叫我「曆」？所以她是「姊姊」？這麼說來，八九寺姊姊假設過火憐反轉變成「姊姊」的可能性……

不，等一下。我以為這個女生是陌生人，但我好像聽過她的聲音。

我不是很擅長辨別女生的聲音，不過，我好像聽過這個聲音以另一種語氣對我說話——對我臭罵。

「嗯？曆，怎麼站在那種地方不動？」

短褲女孩一邊詫異詢問，一邊踩著輕快的腳步下樓，很乾脆地接近我，然後抓著我的手臂，將我拉到換鞋區。

我原本有點畏縮，打算先出去思考一下，但她強硬又積極的態度，使我落得必須匆忙脫鞋。雖說強硬，但她拉我的力道不強，我這樣算是順其自然。

這……這種壓迫感……我的身體有印象……

「嗯～～？咦？曆，想說你不知道跑去哪裡，原來你去書店？」

短褲女孩眼尖發現我另一邊所提的塑膠袋，這麼問我。

「你又去買色色的書對吧～～真拿你沒辦法耶～～～」

接著她咧嘴這麼說。

為什麼會被發現？

明明自始至終省略描寫，但是因為寫真集不太會被鏡像文字影響，所以我買了《世界各地的貓耳班長》，為什麼會被發現？

直覺這麼敏銳，果然是妹妹嗎？

「很沒禮貌耶～明明這麼可愛的女生和你在同一個屋簷下住了快十年，卻還是書比較好？真是的！不過啊～～畢竟已經像是一家人，這也沒辦法耶～～」

「……像是……一家人？」

換句話說，不是一家人？

咦？那麼說真的，這個女生是怎樣？

和斧乃木一樣借住我家……？可是，這個女生不是怪異，也不是布偶，明顯是人類……吧？

不過，她說住了快十年……

「好了好了，曆，我知道你想要享受A書，不過我一個人看家閒到發慌，至少陪我喝杯茶吧。剛好有個不錯的數學謎題可以當茶點。」

短褲女孩說完，將我拖到客廳。可惡，我不知為何無法抵抗。

完全無法反抗。

不只是因為還沒完全從能量吸取的狀態回復，我基於本能實在無法違抗這個女孩，應該說，這個熟悉的聲音，喚醒我拿她沒輒的意識……數學謎題？

…………

……………

………………

「等等，妳是老倉育？」

「哇，嚇我一跳！」

短褲女孩以熟悉的聲音——曾經只用來臭罵我的這個聲音，以比我更吃驚的語氣回應。

「明明從小學就一起住到現在，曆，你現在還講這什麼話啊？」

010

所以說，這根本是惡搞……

給我的印象差太多，我完全認不出來。不過一旦察覺，就覺得原來如此，老倉正是那個老倉，不是其他人。

老倉育。

髮型不同，我認識的老倉也不會像這樣露出大腿與手臂，而且最重要的是眼神差太多了。

雙眼像是受到詛咒般混濁的她，看我的時候彷彿在對我下咒。然而現在……

「曆！曆！這個謎題很厲害吧？不只這個謎題厲害，解開的我也很厲害吧！原本以為很難，不過你看你看，用圖解的方式就一目了然！謎題豁然開朗，一口氣解開的這種感覺真棒耶！」

如上所述，開朗到一個不行。

把我當成穢物，不進入我周圍一公尺範圍的那個老倉，居然和我一起坐在沙發上，不只是和我交流，還實際並肩聊得這麼開心，所以我不可能將兩者視為同一人。

完全是另一個人。

……從這個判若兩人的老倉，這名短褲女生話語各處得到的零碎情報判斷，她好像基於某些原因，暫時住在阿良良木家至今八年了。我們在這段期間像是兄妹，或者像是姊弟般和睦長大。

「說……說得也是，育……」

儘管只覺得突兀，我還是直接叫她的名字……既然她不只是青梅竹馬，還跟我住在同一個屋簷下，用姓氏稱呼她終究不自然吧。不過無論怎麼稱呼她，過於不適應這種狀況的我，終究沒辦法好好發音。

「不愧是妳，居然解開這麼難的謎題，我甘拜下風。」

因為高一留下的心理創傷太深，所以老倉的個性再怎麼「反轉」，我講話似乎依然會搏她歡心。

如果是我認識的老倉，聽到這麼明顯的阿諛奉承早就火冒三丈了。

「嘻嘻～～！曆稱讚我了！耶～～！」

不過，這邊的老倉很率直。

我認識的老倉，希望別人叫她「歐拉」的那個怪脾氣老倉，如果看到這麼開朗愉快的老倉，大概真的會發飆吧……而且老實說，連我都想要真心發飆了。

說我會害羞也很奇怪，總之我從來沒想過能像這樣和老倉交流，所以這就像是在做白日夢，總之我非常害羞。

「咦？曆，怎麼了，你臉很紅耶？該不會感冒了？」

坐在我旁邊，近在咫尺的老倉，就這麼理所當然將額頭貼在我的額頭。別這樣！我明明絕對不開心，臉上卻藏不住笑意！

「唔～～比想像的不燙？」

老倉嘴裡這麼說，解謎的手沒停過。她是以左手寫數字，但我不記得她的慣用手，所以不值得參考。

此時我脫口問她。

「那個，育……記得妳尊敬的數學家是歐拉？」

「咦？你在說什麼？歐拉大師確實是偉大的數學家，但我最尊敬的是高斯大師喔。你明明知道的～～」

「…………」

這個差異太微妙，我不懂。

這算是反轉嗎？

應該說，她在本質上差異太大，我只覺得在聽初次見面的人進行自我介紹。我真的一頭霧水了。

這個世界是怎樣？

那個老倉是怎麼反轉才變成這種角色？

和我交惡……應該說單方面討厭我的她，像這樣和我締結一家人般的和睦關係，這種橋段真要說悠哉也確實悠哉吧，但我實在是過度不適應這種情境，不知道該怎麼反應。

無法完全接納這種悠哉感。

我沒看過這種女主角。

「曆，不然我們一起解這一題吧。我也已經抓到不錯的方向，應該說姑且解出答案，不過總覺得是硬解出來的，靠蠻力並不是美麗的解法對吧～～應該有更平順的解題方法對吧～～」

「呃，嗯……育。」

寫在上面的數字也是鏡像文字，所以難度平白提高，不過身處於「像是和睦兄妹（姊弟）的關係」，我也不能冷漠以對。去二樓找斧乃木商量的這個方案，我完全沒能實行。

話說，如果斧乃木看到這種構圖，應該會成為她最佳的糧食吧。她會對我露出那種連畫都畫不出來的招牌表情。

不，這種狀況在這個世界是理所當然，所以或許沒這回事？因為這是阿良良木曆理所當然會做出的反應……

「……嗯？」

怎麼回事？

怪怪的。

我剛才覺得有點不對勁……那是什麼？感覺真的差點抓到能平順解決這個狀況的線索……

「曆，你的茶借我喝一點喔。」

老倉好像已經喝完自己的茶，她拿起擺在我面前的茶杯，高雅飲用杯裡的茶水。不，這個行動本身沒問題。

「嘿嘿～～和曆間接接吻～～！」

但她面不改色這麼說，我非常為難。由老倉散發出這種半開玩笑的一家人氣氛，會讓我覺得輕飄飄的，總之思緒無法整合。

該怎麼說，我至今面對任何人都是建立拌嘴的人際關係，所以完全不習慣這種甜蜜的感覺。

差點抓到的線索完全跑掉了。

「唉……」

我嘆了口氣。哎，算了。

這裡應該不是平行世界，又是充滿矛盾，不合邏輯的世界觀，那麼來一個這樣的老倉也無妨。對於我認識的老倉來說，這絕對不會成為任何救贖，不過那個傢伙稱不上擁有過美好的家庭，所以有機會和她像是一家人般共處也不錯。

我的心態幾乎進入放棄抵抗的境界，卻終於後知後覺般冒出這種想法。對於我那位至今也在某處為了變得幸福而奮鬥的兒時玩伴如此心想。

「那個……育，我想問幾個關於小月的問題。」

看來這個想法令我下定決心，像是拋開煩惱般進入正題。不，原本應該是對斧乃木進入這個正題，不過既然我和老倉同居將近十年，相較與最近才入住我家的斧乃木，老倉應該更熟悉那個小隻妹吧。

「嗯～～？小月？她和小憐一起去買東西了。她有邀我，但我想早點教你這個謎題，所以就沒去了～～」

雖說理所當然，但老倉沒聽懂我要問什麼，告知月火現在的位置。

「那個傢伙，最近有沒有哪裡怪怪的？」

我再度這麼問。不，這樣問應該沒用。假設只是我沒察覺，那傢伙確實產生某種「變化」——某種「反轉」，不過在這個「鏡之國」，她依然是一如往昔的月火。

「那個傢伙是怎樣的傢伙？」

「怎樣的傢伙……曆，你問得好奇怪耶～～不過，我可以理解你在擔心小月啦。因為我也很擔心。以那孩子的那種個性，不知道今後要怎麼活下去。」

老倉就像這樣一邊苦笑，一邊說出她心目中對於阿良良木月火的印象。站在同為女生的立場，她的評分標準有寬有鬆，不過大致沒強烈違反我所認識阿良良木月火的印象。

這麼一來，月火果然沒有變化……是因為不見得每個人都有變化？還是只有月火是例外？

若說只有那傢伙是例外，我就某方面來說也不是不能接受……應該說連那位女中豪傑老倉育都是這副德行（恕我失禮），最好認定絕大多數的人都「反轉」了。

因為，我雖然覺得來一個這樣的老倉也無妨，但是反過來說，內心肯定有某處不想看到這樣的老倉。

「…………」

反過來說。

對吧？

「啊～～曆真厲害，全部解開了耶。明明我的成績比較好，做這種題目還是贏不了你。不過我沒有反感，應該說完全不會覺得不甘心。呼……」

我解完老倉準備的這些數學題之後，她輕輕將頭靠在我的肩膀。

該怎麼說，感覺這個動作稍微跳脫姊姊或妹妹的一家人氣息。

「喂，育……」

「該怎麼說，好神奇。」

我終究想要勸誡時，老倉像是打斷我的話語般，維持這個姿勢對我說。

「明明至今一直都是這樣，卻想要今後一直這樣。很奇怪吧？」

「…………」

「我出了什麼問題嗎？我身邊有你、有小憐、有小月……有伯父與伯母，大家都對我很好，像是一家人般和樂融融，我明明非常幸福……」

此時，老倉育忽然講出像是老倉育會講的話。

「為什麼呢？我現在卻覺得……這一切都是假象。」

011

到最後，我沒能找斧乃木商量，就這麼回到北白蛇神社。不，並不是因為我即使解開所有題目，老倉也不肯放我離開客廳。

我反而大有機會。

她說自己莫名亢奮，要去沖涼舒暢一下，然後前往浴室。我趁機前往妹妹們的房間。

順帶一提，當時她調侃說「你看起來狀況不太好，要不要一起洗？」邀我進浴室，但我終究不能跨越這條界線而堅定拒絕。

太恐怖了。

到頭來，這次的異狀就是我想要「暢快一下」而洗臉時開始的。

進行這樣的互動時，我不經意確認洗臉台的鏡子，但是正如預料，只是一面普通的鏡子。

然後我前往妹妹房間一看，斧乃木余接不在裡面。

……關於這個問題，應該不愁沒方法解釋，而且每種解釋都可以採納吧，不過那個隨心所欲的女童應該只是獨自外出散步。這個判斷應當是最普遍的假設。

但是，我沒採納這個假設。

雖然每種解釋都可以採納，我卻沒採納這個解釋。

即使招牌表情令人火大，語氣又高傲不羈，斧乃木依然是斧乃木。再怎麼說好歹也是專家。

這樣的專家在這種現狀「不見人影」，我認為非比尋常。雖然絕對不想在當事人面前誇獎，不過她處理工作時的行動力與責任感，甚至令我覺得非常帥氣。

所以應該認定發生了某些事，發生了某些狀況，她才會展開行動。該死，早知如此，我應該克制怒火，即使賭氣也應該在上午聽她說明。我抱持這個想法出門。

我回到盥洗室，從隔著毛玻璃的身影判斷老倉應該在洗頭，對她說「育，我出門一下」，然後騎腳踏車前往北白蛇神社。

八九寺姊姊應該也回來了吧。我非得更新自己的認知，重新擬定對策才行。

劇情急轉直下。說這個企劃很悠哉的我是錯的。

雖然還完全不得而知，不過現在發生的，或許是我未曾經歷過的麻煩事態。

或許是不安，不穩，成真的風險。

是的。

這裡肯定不是什麼「鏡之國」。

我說過這好像科幻或是奇幻，不過仔細想想，關於鏡子的怪異奇譚不是也很多嗎？

都市傳說。

街談巷說。

道聽途說。

例如……在那個時候，鏡子確實染成紫色吧？

可惡，即將迎接二十歲的這時候，我卻想起來了。

紫色的鏡子。如果滿二十歲還記得，自己就會死掉的詛咒咒語……有個咒語可以解除詛咒才對，我卻不知為何忘了。

記得是「波馬豆波馬豆波馬豆」？

不太對。

總之，我不認為現狀和這個傳說有關，但是關於鏡子的「怪異」不勝枚舉，多到連我這種無知愚昧之徒也能輕鬆舉例。

那麼，或許這個世界不是平白無故不講理又不合邏輯的「鏡之國」，是基於合理的原因產生的怪異現象。

以大富翁來說就是回到起點吧。我抱著這個心態，抵達北白蛇神社所在那座山的山麓。哈，如果是大富翁，踩到這一格真的很討厭，不過我還真想回到起點一次。

我一鎖好腳踏車就拔腿爬山。搞不懂這是哪門子的越野賽跑。像這樣在短時間內上下山好幾次，使我想起不久以前的事。不過當然不是什麼美好的回憶。

這是當然的。

因為在那個時候，山頂北白蛇神社供奉的神不是八九寺。

我鑽過鳥居，心想自己真的回到起點了。不，即使說這是回到起點太誇張，我也覺得大概倒退了五格。

「呀呼～～阿良良木小弟。是我真宵姊姊喔～～看樣子狀況不是很理想，不過放心吧！就知道可能會這樣，所以為了阿良良木小弟！為了阿良良木小弟！為了阿良良木小弟！真宵姊姊運用管道找來可靠的幫手喔！」

坐鎮在神社前方的八九寺大明神像是要做人情給我，真的像是要做人情給我般介紹的對象——介紹的「神」，果真是她。

果真是我以為再也見不到面的少女。

果真是我曾經傷害的少女。

果真是……千石撫……

「咻咻咻咻！喲，曆哥哥，是老娘喔！好久不見啦，後來混得好嗎？啊？」

「…………」

千石……誰子小姐？

012

事到如今應該不必再介紹登場人物，但是為求謹慎，姑且還是說明一下八九寺姊姊運用人脈帶來的千石撫子吧。她是我家么妹——阿良良木月火從小學認識至今的朋友。

她們雖然一段時間斷了音訊，不過最近再度開始來往。兩人再度來往的起因是我和千石重逢，不過說來諷刺，在某個騙徒的算計之下，現在反倒是我和千石再度停止來往。

原因在於去年底那段時間，原本只是普通女國中生的她，成為這座神社供奉的「神」——「蛇神」大人。

不對，追本溯源，這是我應該遭受的報應，不過這部分我想省略。這是已經無法挽回的往事。

要反省的話，我一個人反省就好。

問題在於本應和我斷絕往來的千石，如今卻位於我面前。我說這位姊姊，這種錯誤明明不該發生，妳知道妳究竟做了什麼嗎？八九寺，妳即使在異世界都要戲弄我嗎？

我很想這麼說，卻在話語差點說出口的時候勉強吞回去，原因當然在於這裡是異世界。

不知道該說邪惡還是蛇惡，總之張大嘴「咘咘咘！」大笑的這位千石誰子小姐（不知道哪裡好笑）無論是誰，都不是我認識的千石撫子。

不，我真的不認識這種千石撫子。我認識的千石撫子，再怎麼勉強也只舉得出兩個版本。如果是轉蛋的話可以輕鬆收齊。

首先是基本型……我在通往這座神社的階梯擦身而過的那名少女。瀏海蓋住臉，微微低頭輕聲細語的內向國中生版本。雖然髮型與服裝偶爾會有點差異，不過如果正常生活，這種差異應該是很正常的。

另一種是剛才提到的蛇神版。這時候的外型非常駭人，十萬根以上的頭髮全都是白蛇，簡直是蛇髮女妖，表情豪放不羈到無法從基本型想像。我不知道被這個版本的千石殺了又殺多少次，不過這部分也容我割愛吧。

畢竟說來話長，我也不願意說。

只是，現在在八九寺姊姊身旁擺出唯我獨尊態度的千石，不屬於上述兩個類型。她姑且穿著公立七百一國中獨具特徵的連身裙制服，頭髮卻剪得很短，而且是純白，雖然不是蛇，她的表情卻像是要從正上方一口吞下我般傲慢、磊落又洋溢野性。

該怎麼說，感覺像是「兩者取其中」，是「不成熟」，是「不上不下」，或者是「正在改變的途中」。

是的，比方說就像是生命即將破殼而出的過程……

「我想你知道，來自另一個世界的你或許不認識，所以阿良良木小弟，我幫你介紹一下。這是我的前輩，應該說我上一任的神——朽繩大神。」

「這樣啊……」

朽繩大神。

我姑且點頭回應八九寺姊姊這段介紹，卻完全聽不進去。

不，以這種形式突然見到本應斷絕來往的千石，我當然對此單純感到困惑，不過，如果考慮到這裡是「鏡之國」，雖然絕對不算好事，但肯定可以不算數。

所以，更令我困惑的是「看來我錯了」這個想法。

會這麼想，是因為我依照下山之後的經歷，猜想這個世界或許是我妄想的產物。

講「妄想」不太好聽。總歸來說，我或許在做夢。

雖然沒真的捏臉頰測試，但我一邊如此推理，一邊回到山上。

老倉變成只能說惡搞的那副模樣，當事人知道的話可能會狠狠修理我。我就是做了這麼不入流的夢。其實因為妹妹沒來叫我起床，所以我自以為起床，實際上卻還在被窩睡得香甜，我人還在被窩裡吧？

這麼想就可以解釋不合邏輯又不著邊際的現狀，可以說明無法說明的現狀。夢。

也就是夢結局。

這好像是編劇時的犯規手法，不過這種事發生一次也無妨吧？俗話說得好，規則就是用來打破的。到頭來，「……我做了這樣的夢」以及「……我來到了這樣的『鏡之國』」這兩個假設相比，怎麼想都是前者比較有說服力。

是否有趣就暫且不提。

畢竟像是神原變成雨魔、應該人在海外的羽川、應該已經消滅的黑羽川等等……至今我觀察到許多無法單純以「鏡之國」左右反轉來解釋的案例。不過看樣子，「這是夢境」的假設才是我自以為是的妄想。

是我個人的希望。

因為，如果是雨魔或黑羽川，確實存在於我的「知識」之中……老倉的那副模樣，若要堅稱是我內心的願望，我也難以反駁。

然而，我不知道。我真的不知道。

我不知道這種外型的千石撫子。

不是神，不是人，如同位於兩者之間，卻朝著「前方」發展的這個千石，我不只是不得而知，甚至沒有權利得知。

換句話說，既然夢是以大腦蓄積的記憶與想法構成，我就不可能夢見這樣的千石。

誰能想像千石撫子將頭髮剪得這麼短……這種事不可能發生，所以這也不可能是夢。

「…………」

那麼說真的，這個世界是怎麼回事？都已經是至今最莫名其妙的狀態，卻還要繼續更新這項自我紀錄？

不過……朽繩？唯獨這個名字，我好像聽過又好像沒聽過……

「哧哧！原來如此！」

千石誰子愉快地笑了。

聲音是千石的聲音，但是語氣粗魯，應該說下流，和撫子截然不同，感覺像是她的雙胞胎姊妹。

不過，我這輩子至今還沒看過雙胞胎就是了……

「你想太多囉。貓說得一點都沒錯。」

「……咦？」

貓？她說的貓是……黑羽川吧？那傢伙也說過我「想太多」……可是就我所知，千石和黑羽川之間肯定毫無關係啊？

我猛然看向八九寺姊姊。

八九寺姊姊送給我一個秋波。

我不是那個意思。

還有，妳送秋波的技術很差。

我瞪了八九寺姊姊一眼，再度看向千石誰子。不過她看起來也很難以眼神溝通。

「啊啊？怎麼啦，曆哥哥，聽不懂老娘說的意思嗎？沒傳達給你？哎，我想也是啦，咻咻！」

「…………」

「別瞪啦，又不是在逗你玩。別看老娘這樣，老娘也是在這座神社供奉好一段時間的神，好歹比貓更願意幫你一把喔。過來吧。」

千石誰子——朽繩大神向我招手。

她的手部動作像是蛇，像是蛇的舌頭，令我猶豫是否要接近，但是這時候害怕也無濟於事。我慎重地一步步走向朽繩大神與八九寺姊姊。

「嘿！」

距離她們只剩幾公尺時，那位姊姊撲向我。無緣無故就推倒我。

這個人到底想在神社推倒我幾次？

還是說毒蜘蛛快爬到我腳邊了？我驚訝看向八九寺姊姊。

「好了啦～」

她掛著笑容。

「為什麼一臉嚴肅？你就是這樣，別人才說你想太多吧？這位少年，『鏡之國』不是隨便就能來的地方，乾脆放寬心好好享受吧？」

「……知道了。」

我胡鬧就要我正經一點，我慎重就要我好好享受，這位大姊姊真任性。不過聽她這麼說就覺得確實沒錯。

我不應該把原本世界對於千石的印象，套用在這邊世界的千石，即使不該疏於提防，也不該莫名固執。要放寬心好好享受。

也對。

二十一歲的八九寺跨坐在我身上的經歷，肯定很適合在回去之後說給別人聽吧。

「就拜託您了。」

我維持這個姿勢，慢半拍向朽繩大神這麼說。

「啊啊？喔，總之，就讓你拜託吧，因為老娘是神。哎，老娘說你想太多也不是那個意思啦。」

「啊，原來如此。」

聽到朽繩大神的否定，八九寺姊姊毫不愧疚地這麼說，就這麼把我壓在地上

（為什麼不放開我？）說下去。

「不過，阿良良木小弟，這位朽繩大神很可靠喔～～說到你現在應該拜託的神

明，無論有哪位神明可以選，首選都是朽繩大神喔！」

「無論有哪位神明可以選……？為什麼？」

我認為這終究講得太誇張，八九寺姊姊卻沒收回這個不實宣傳。

「因為說到蛇，就是鏡子的專家喔。」

她說。

「咦……蛇是鏡子的專家？」

我一邊問，一邊看向朽繩大神。我是躺在地上往上看，所以窺見連身裙底下的春光。

「嗯？啊啊，沒錯。怎麼啦，看到老娘的瞬間，你沒有茅塞頓開的感覺嗎？那麼曆哥哥以為真宵姊姊為什麼叫老娘過來？」

「問我為什麼……」

因為剛成為神，交友範圍還不廣，所以在事態棘手的時候找前輩——前任來幫忙，我是這樣解釋的……難道不只是這樣？

「阿良良木小弟，聽我說。」

八九寺姊姊告訴我了。

一副功勞歸她的態度。

「日文『鏡子』的語源是蛇的眼睛——『蛇目』喔。你不知道嗎？」（註4）

013

我當然不知道。蛇的別名是「KAKA」？這種知識在考大學的時候用不到。

我這麼說像是嘴硬不服輸，不過這也可以證明我現在的體驗不是在做夢吧。

曾經被譬喻為海蛇的忍野忍笑聲是「喀喀！」，這件事或許藏在我的意識底層，引導我做出這個夢……雖然不是不能這麼猜測，但這樣回收伏筆太牽強了。總之到了這一步，無論對方是大神還是女國中生，「鏡子的專家」登場是我求之不得的。

「阿良良木小弟，餓了嗎？聽說你從早上到現在都沒吃東西？一邊吃一邊聊吧。朽繩大神，妳也一起來吧！」

聽八九寺姊姊這麼說，我才發現今天送進嘴裡的只有老倉泡的茶。看到那傢伙

註4　此處的「蛇目」發音為「kagami」，和「鏡子」同音。

變成那樣就飽了，所以我沒什麼注意，不過現在的我失去吸血鬼特性，必須適度攝取營養才不會倒下。

所以，我首度受邀進入北白蛇神社的內部，現在面前是八九寺姊姊準備的餐點。

「……話說，這不是供品嗎？」

「嗯，是供品喔。」

「…………」

除了我，肯定沒其他人來這座神社參拜，所以這是朽繩大神收到的供品？不提這個，供品可以吃嗎？

在我猶豫的時候，八九寺姊姊與朽繩大神連「我開動了」都沒說就開始吃，我不能破壞這股和樂的氣氛，所以也加入了。

話說回來，雖然沒什麼好強調的，不過這是很誇張的狀況吧？我和兩位神明大人圍坐吃飯耶？

我何德何能啊？

在我今早之前生活的世界，因為千石撫子失去神的身分，所以由八九寺真宵成為神。換句話說，兩人的在位時期沒有重疊，不過在這邊的世界，這部分似乎也有點矛盾，應該說不合邏輯。

「咕嚕咕嚕咕嚕！」「咕嚕咕嚕咕嚕！」

兩位神明大人同樣拿起應該是供品的酒瓶仰頭對嘴喝。先不提二十一歲的八九寺姊姊，朽繩大神外表是女國中生，所以這幅光景很驚人。

「曆哥哥，你這傢伙該不會認為鏡子裡的影像是左右相反吧？」

正題突然進入朽繩大神……更正，朽繩人神突然進入正題。

事發過於突然，害我在說明文口誤……雖說八九寺真宵已經不再口誤，但是在她面前口誤好丟臉。

「咦，那個……什麼？麻煩再說一次。」

「你該不會認為鏡子裡的影像是左右相反吧？老娘是這麼問的，怎樣？」

說話方式像是在找碴，有種接受高壓面談的感覺。雖然這不是原因，但我即使聽懂問題內容，卻猜不出意思。

我當然認為鏡子裡的影像左右相反。這不是小學生都知道的常識嗎？

如果是「你為什麼認為鏡子裡的影像左右相反？」這種問題，那還帶點哲學的味道，我並不是不願意回答，但她現在這樣問根本不是哲學，是禪學吧？難道她的意思是說，左右相反的其實是我們，鏡子裡影像的才是真實？

慢著，等一下。

雖然小學生應該不知道，不過黑儀或老倉這種優秀學生應該知道，「鏡子」的性質嚴格來說不是左右相反，是前後相反……是這麼回事嗎？不過這是表達方式的問題，眼中看見的光景——眼中看見的「相反」應該是一樣的。

「我知道像是三面鏡那樣，如果把鏡子擺成直角看向接縫處，影像就會成為左右正確的影像……這就是您想說的意思嗎？」

或者說，記得有種鏡子是巧妙應用反射原理，即使是平面鏡也能映出左右正確的影像……我不知道這個世界的雨魔怎麼樣，不過神原喜歡新奇稀有的東西，我打掃她房間的時候就看過這種鏡子。

「不是不是。哧哧，不是這個意思啦，我在問你照鏡子的時候，你首先是不是認為左右相反？」

「這……是啊。因為我舉右手，鏡子裡的我就舉左手；我舉左腳，鏡子裡的我就舉右腳吧？」

「什麼嘛，原來曆哥哥會在鏡子前面擺Y字平衡的姿勢啊。真怪。」

「只是舉例。我不會那麼做。」

會那麼做的是火憐。

這個世界的她應該也會那麼做吧。

「總之，鏡子裡的影像和我的動作是左右相反吧？」

「你真的這麼認為？」

朽繩大神執拗地繼續問下去。

蛇給人窮追不捨的印象，感覺她真實反映出這個印象。

「只是因為大家都這麼說，你才這麼認為吧？」

「亂……亂講，我看起來像是會被常識束縛的人嗎？」

不過，鏡子的影像左右相反（也可以說前後相反）確實是常識，也就是先入為主的觀念。

比方說，若要說明鏡子是什麼樣的物體，我果然會這樣說明吧。雖然不記得了，但昔日某人對我說明鏡子的時候，肯定就是這樣說明的。

而且我也是這樣理解的。

啊啊，這是以左右相反的方式，映出現實光景的一片板子。

「……朽繩大神，您的意思是實際上不是這樣？八九寺姊姊認為呢？」

「我最後再表述我的意見吧，你暫時就這樣討論下去。」

這個大姊姊充滿威嚴地說。

簡直是什麼大人物。

不過，我知道她十歲時的樣子，所以很難判斷她是認真這麼說，是開玩笑，還是因為沒意見所以含糊帶過。

「你知道『鏡像認知』吧？讓動物……例如讓蛇照鏡子，測試牠是否知道鏡子裡的影像是自己。但你不覺得正因為影像是左右相反，也就是以成對的方式呈現，才會察覺這是『自己的影像』嗎？如果動作左右一致，或許會認為這是做出不同動作，和自己不同的另一個傢伙喔。哧哧！」

「……慢著，可是，實際上動起來是左右相反……」

「反正蛇沒有手也沒有腳，曆哥哥這個譬喻沒辦法說服別人。到頭來，鏡子並不是自己發光，而是反射接收到的光線，照鏡子的一方擅自判斷鏡子映出自己的影像吧？只要這麼想，那這就絕對不是鏡子本身的功能了。」

「那麼，朽繩大神……」

總覺得被戲弄，應該說被耍得團團轉，我甚至忘記對方是神，稍微加重語氣詢問。

「如果鏡子不是映出左右相反的影像，那它到底是映出什麼東西？」

「真實。」朽繩大神說。「……沒有啦，曆哥哥，這可不是你剛才所說『哪邊的左右才正確？』這個問題喔。自古以來，鏡子就是被當成這種東西——當成神聖的靈具使用。」

「啊啊……我常聽到某某鏡子的故事。」

「灰姑娘的母親照的那面鏡子吧？」

八九寺姊姊講得好像很懂，卻把白雪公主講成灰姑娘。不過，總之這個譬喻很好懂。

現今真的已經毫不留情徹底分析鏡子的構造，不過在古時候是非常神奇的「映照」，會加上解釋也是理所當然的，所以和鏡子有關的怪異不在少數。

映出真實嗎……

「記得映出真實之後，蛇髮女妖就石化了。哎，頭髮變成蛇的傢伙照鏡子當然會嚇一跳吧，哧哧！」

朽繩大神會這麼笑，或許在於這是蛇式笑話，不過我知道蛇神千石真的是那副模樣，所以完全笑不出來……這邊的世界觀沒有這樣的千石嗎？

「映出真實……慢著，雖然聽起來語帶玄機，不過朽繩大神，這又如何？我應該從這段對談學習到什麼樣的教訓？」

用「教訓」這個詞，聽起來像是學那個騙徒說話，但如果維持現在這樣，我頂多只有「回顧歷史真是受益良多」這種感想。一個不小心的話，我甚至想挑釁說鏡子映出的真實或許也是相反的。

剛才捐了四圓香油錢給八九寺姊姊，不過朽繩大神是義務來這裡客串，所以我不應該擺出這種態度。

……現在回想起來，捐給八九寺姊姊的四圓，是少到乾脆別捐比較好的金額。我突然覺得過意不去。

雖然只在心裡說，但我至今粗魯吐槽，真的很抱歉。

「啊～～曆哥哥，你還不懂嗎？就你看來左右相反的這個世界，也絕對不是『相反』的。老娘就只是這個意思啦。不是哪一邊才正確，是兩邊都正確。」

「咦……」

兩邊都……正確？

都是真實？

「也就是說，就你看來亂七八糟，不合邏輯的這個世界，也和你的世界一樣站立很多痴女。」

「站立很多痴女……」

我很嚴肅收下她這番話，可是等一下，我的世界沒站立那麼多痴女啊？

「講錯了。是建立很多秩序。」（註5）

「天底下有這種口誤嗎？不准把秩序講成痴女！這兩個詞是兩個極端吧？」

「『極端』是嗎……哧哧！」

我只是隨口吐槽，朽繩大神卻複誦這個詞，彷彿其中暗藏某種玄機。

「沒有啦，總之，做個整理吧。你在這個世界的熟人，包括妹妹們、朋友、學妹或兒時玩伴，老娘以及真宵姊姊也一樣，實際上並沒有左右相反喔。這你應該隱約察覺了吧？」

「…………」

註5　日文「站立痴女」與「建立秩序」音近。

「是的，沒有相反，就某方面來說，完全是我們自己。即使是鏡像也不是幻像。唏唏！從你剛才的視線來看，曆哥哥認識的老娘和老娘完全不一樣，實在不像是同一個人，不過很抱歉，這也是老娘。是千石撫子。」

朽繩大神這麼說。

換言之，千石撫子這麼說。

……遲鈍的我也隱約知道她想說什麼，即使如此，我還是不太能接受。

這應該是生理上的抗拒吧。

鏡子映出的個體是同一人，是本人。是的，如果是羽川翼與黑羽川，我可以接受這個道理，但如果是其他人，我就難以同意。

例如我最初遇見的火憐身高變矮，她的立場不就已經毀了？

「高個子不一定希望自己長這麼高。有人對個子矮感到自卑，也有人對個子高感到自卑。你妹妹才剛從國中畢業吧？她的內在有成長到追上身高嗎？」

「內在……？」

不，哎，聽朽繩大神這麼說，我就覺得那傢伙確實只有身體長大，內在還是空的，應該說還是個孩子。

「…………」
所以呢？
月火的狀況……斧乃木的狀況……八九寺的狀況……神原的狀況……羽川的狀況……老倉的狀況……千石的狀況……
以這個角度來看，至今看起來頗為奇怪的「左右相反」，終於出現一個共通點了。可是，這樣的話……？
「哧哧，既然整理得差不多了，就稍微回到剛才的話題吧，曆哥哥。舉起右手，鏡子裡的左手就會動，所以鏡子是照出左右相反的身影。這是你剛才說的。不過，這個比喻無法套用在沒有手腳的蛇。以蛇的狀況，要用什麼根據認定鏡子裡的自己是『左右相反』？你要怎麼對老娘說明『左右相反』？」
「這個……我想想，像是鱗片的形狀或排列方式……」
「不要真的站在蛇的立場想啦，你是白痴嗎？總歸來說，就是要如何對一個沒有『左右』概念的傢伙說明『左右相反』。」
「這個嘛……」
感覺像是「奧茲瑪問題」的不同版本。

以為簡單，卻意外地難。

比方說，整個身體往右移，影像就會往左移吧。不過這個問題的重點應該是不能使用「左右」這個字眼來說明「左右相反」吧？

「『奧茲瑪問題』聽起來好像《奧茲魔法師》的問題耶。」(註6)

八九寺姊姊這麼說，但我暫時忘掉（意思是我甚至不在心裡吐槽，不過這麼一來我只是個冷漠的傢伙），思索好一陣子，在靈光乍現之後輕易得到答案。

「對了，拿文字照鏡子不就好了？」

「咻咻，文字嗎？」

「嗯。英文字母大多左右對稱，所以用平假名、片假名或漢字比較好嗎？拿鏡子一照，鏡子裡的文字會左右相反，這樣就能說明鏡子的性質吧？」

「阿良良木曆」會變成「[mirrored]」，「朽繩大神」會變成「[mirrored]」。

這就是讓我在書店受挫的「鏡像文字」。

看到這種文字，輕易就知道自己不是在看一片普通的玻璃，也知道鏡子並不是直接照出現實。

註6　中譯《綠野仙蹤》。

「沒錯，就是這樣。」

朽繩大神說。

她的表情看起來不是「答對了！曆哥哥，你比老娘想像的還聰明耶」，而是傾向於「終於生出老娘想要的答案了嗎？麻煩的傢伙」。既然這樣，從一開始就爽快地條列答案不就好了？

依照神明的規則，或許不能過度直接下達神諭，不過聽她說明關於鏡子的種種，最後卻還要看她露出這種表情，我真的很難受，不禁想起在那座補習班廢墟聽忍野說明怪異知識時的往事。

……這麼說來，在我的世界觀已經不存在的那座補習班廢墟，在這邊的世界是什麼狀況？

就我至今所見，建築物或風景除了外貌反轉，似乎沒有更多的變化……

「那麼，曆哥哥，進入下一個階段吧。」

「……還有後續？」

「放心，這是最後了。說完這個，就來聽聽真宵姊姊的意見。」

「咦？」

朽繩大神話鋒一轉，八九寺真宵著實嚇了一跳。看來她忘記自己剛才說的。這麼一來，她那番話果然是臨場敷衍嗎？

總之，現在是朽繩大神的下一個階段——最後一個階段。

「假設你現在是一張白紙的狀態，如果拿給你看的不是映在鏡子裡的『回㒵㒵木㬐』這段文字，而是寫在紙上的『回㒵㒵木㬐』這段文字，你會怎麼想？」

「……？我來當蛇？不必刻意把智商調整到和蛇一樣吧？」

「嗯。不用勉強裝聰明。」

朽繩大神講得好過分。不對，她是蛇神，所以當然會偏袒蛇。

我想想……

「總之，應該會正常認為這是鏡像文字吧。」

「但你不知道『鏡子』這種東西。當然也不知道『鏡像文字』這種東西。」

「……？那我就不會認為這是鏡像文字吧，不過我只是不知道這個詞，到頭來還是會認為這是『左右相反』……」

唔。不對，我錯了。

通常只有站在鏡子前面的時候，會認為鏡像文字「左右相反」。

快想起來吧。我在那間大型書店努力要閱讀歷史課本的時候，是怎麼做的？

是的。當時我試著從書頁的另一面透光閱讀。

這個嘗試失敗了，不過換句話說，閱讀紙上的鏡像文字時，肯定要把這張紙翻轉過來。

是的。

鏡子不是讓左右相反……

「是將人……翻轉。」

我明白了。來到這個世界至今，我首次明白了某些事。

這裡不是什麼「鏡之國」。不，這個理解完全正確，但我看見的她們絕對不是左右反轉。

她們是「翻轉」。

裡面變成表面。

原來如此……唯獨月火除了服裝沒有任何變化，是基於這個原因啊。不對，即使是服裝，那個傢伙果然也只是自己穿錯吧，總之，她就是那樣的傢伙。是表裡如一的傢伙。

阿良良木月火即使在鏡子裡，也不會露出另一面。

是的。

穿越鏡面來到的這裡，是「裡面」。

014

先說明一下專業用語，日文的「裡面」也意味著電玩遊戲所說「破關後的世界」，也就是「裡關」。依照現今的主流，遊戲本身設計成沒有破關終點，所以這個用語可能不太普遍，總之可能是難度很高的關卡或是加分關。

不過，這裡說的「裡面」單純是「表面的另一面」的意思，是「表裡成對」的意思，是「翻轉後的世界」的意思。

至此，我幾乎誤會了一整天。當然，「左右相反的世界」以及「翻轉後的世界」究竟差多少，說到最後也會覺得沒什麼兩樣，不過先不提風景，以人性來說就不是這麼回事。

以羽川翼為例還是比較好懂吧。黑羽川不是羽川翼，那麼她是另一個人嗎？這種傢伙是不存在於現實的虛構人物嗎？絕對不是這樣。

黃金週出現的那個怪異，是名為「障貓」的傳統妖怪，卻也是羽川翼自己。是近乎聖人的她壓抑許久，用來推卸痛苦的她自己。

是羽川翼的另一面——「裡面」。

即使忍野命名為「黑羽川」，但如果將貓稱為「羽川翼」，將羽川稱為「白羽川」，原本也不會有任何突兀感。而且若是站在「翻轉」的角度來看，羽川以外的人也適用這個道理。

矮個子火憐很創新，是全新的走向，對我來說像是發現新大陸般震撼，但是如朽繩大神所說，火憐自己很在意個子太高，跟不上身體成長的心靈，也成為鴻溝存在於她內心吧。

應該已經確實存在了。

若是火憐的這一面顯露在表面，就會變成那副模樣吧。

那副模樣絕對不是新版本。

是火憐身心失衡的表現。

以斧乃木的狀況，那孩子基於式神的性質，外表是沒有表情、沒有情感，語氣也沒有起伏的人偶，不過我之前聽她自己說過，這只是無法顯露在外，無法「表現」，她自己絕對不是毫無情感或表情。

加入手折正弦的證詞來看，斧乃木也可以說是將自己相對於「外側」的「內側」——相對於「表」的「裡」化為看得見的形態。實際上，我對斧乃木的印象不是「個性變了」，而是「盡顯惡劣性格」。

以八九寺的狀況，要考察就更簡單了。昔日八九寺以十歲少女外型出現在我面前，但她是十幾年前喪命的幽靈，如果正常長大的話是二十一歲。相對於「表面」的少女外型，她的「裡面」具備成年女性的資質。

雖說幽靈不會成長，怪異不會累積時間，無法計算單純的精神年齡，不過她無論是下地獄還是成為神，迷路長達十一年的這段經歷本身都絕對不會消失。

即使我不太懂這種心態，不過喊著「少女好可愛好可愛」大讚八九寺的神原應該看不見八九寺隱藏的另一面。將八九寺的這一面翻轉出來，就會是我眼前的這副模樣吧。

至於神原——神原駿河的狀況，其實有點複雜。以她的狀況，非得將她的母親神原遠江以及阿姨臥煙伊豆湖考慮進來。不過如果刻意割捨這部分，只限定在表裡兩面的視角說明，那麼到頭來，她的左手——能夠「解讀擁有者願望深處另一面」的「猴掌」，就是存在本身近似密技的怪異。

穿著雨衣，套著長靴的雨魔外型，是神原駿河的「裡面」。她將我視為學長仰慕的心態貨真價實，不過相對的，她憎恨阿良良木的情感也不可能完全從內心消除吧。

並不是不存在的東西顯現在表面。

這東西一直存在於那裡，確實存在。

不是反轉，是翻轉。這樣講很像數學定義，不過雨魔等於神原駿河，這是最簡單的題目。

說到數學，來看看那個不忍卒睹的老倉育吧。老實說，關於她那副模樣，我還沒整理出一個完整的解釋，不過至今絲毫沒對我透露的那種開放個性，以及融入阿良良木家的親人關係，肯定是比我內心的妄想還要強烈，對她來說簡直求之不得的心願……我是這麼希望的。

我想相信，那種假惺惺的幸福，是老倉育心底的願望。在惡毒個性以及攻擊性言行的背後，也存在著那樣的她。這麼想果然會成為一種救贖。

關於老倉的解釋或許是我過於一廂情願，但是要我只以理論說明她這個兒時玩伴，我實在做不到。

相較之下，千石撫子的例子，能以稍微具備說服力的淺顯方式說明。因為「朽繩」這個神是曾經供奉在北白蛇神社的土著神，是她在自己內心產生的神。

說到這和雙重人格的不同點，在於我曾經和忍一起看到千石和「朽繩」對話的場面一次。那位神是我與忍都看不見，棲息在千石另一面的蛇。

那種粗暴的語氣，粗魯的態度，也是千石撫子本人。

她自己所說的「同一人」。

只把她視為妹妹朋友的我很難承認，非得伴隨後悔的心情承認，不過千石撫子並不只是一個成熟、內向、可愛的女孩。

成熟的另一面是幼稚。

內向的另一面是外攻。

可愛的另一面是傲慢。

千石撫子的「裡面」有一個隨時爆炸、隨時破裂都不奇怪的千石撫子。就是這麼回事。

回頭翻閱我以為「這個世界很奇怪」而記錄至今的冒險之書，就知道無須大驚小怪，我只是看見翻轉之後的她們罷了。

這個世界容許不合邏輯的矛盾，並不是因為這裡是「鏡子裡」，是因為我看見的她們是「心裡」的登場角色。

也就是內心的自由。

抱持這個想法就會發現，原本只以為不穩定又不確定的這個世界，似乎出現一條主軸，看似單純左右相反的風景，我也逐漸有些不同的見解。

這麼說來，八九寺姊姊剛才說明「鏡子」的語源是「蛇目」，不過這當然眾說紛云，好像也有人將「鏡子」稱為「影見」——觀看人們影子的裝置。

有光就有影，同樣的，有表就有裡。

任何人都有另一面。

雖然覺得頗為唐突，但朽繩大神大概是為了讓我易懂，所以拿漫畫舉例。

「在漫畫界，畫向右的臉與向左的臉，會因為慣用手而反映出差距。畫不擅長的臉部方向時可能會用鏡子檢查，某些畫家會在紙張背面畫向左的臉，然後翻回正面重新描線。是的，表裡也有擅長與不擅長的分別，即使本質相同，樣貌也可能完全改變。」

……她拿漫畫譬喻很好懂，卻不知為何是從作者的角度說明。

嗯，不過翻轉確實也有各種翻轉，我因而犯下天大的誤解，不求甚解就過到現在。感覺找朽繩大神幫忙真的很靈，不枉費我花時間和她商量這個問題。但在得出這個解釋的同時，我也冒出「這又如何？」的想法。

這裡是異世界，對我說是異鄉，完全找不到返鄉之路，這個狀態毫無變化。

原來如此，鏡子是從另一面照出一個人的真實。鏡子專家告訴我這件事，卻沒有「那你這樣做就好了啊！」之類的指點。

即使和我認識的她們不同，但這也是她們的其中一面，所以不能不講情面。雖然我做好這樣的心理建設，但是關於如何回到原本的世界，或是為什麼發生這種事，我沒得到這些問題的解決之道或解答。

……不對，嚴格來說，關於為什麼發生這種事，我已經收到一個雖然不是假設卻堪稱獨具慧眼的提點。

不是朽繩大神，是八九寺姊姊的提點。

說來驚訝，她說「我最後再表述我的意見」不是虛張聲勢。她抱持著一個疑問。不過和朽繩大神的這席話無關，好像是白天和我分開之後抱持的疑問。

「等等，無論這裡是『鏡子裡』還是『鏡之國』，是異世界還是異次元，都暫時放到一旁。這裡不是有阿良良木小弟認識的人嗎？包括家人、朋友、學妹或是兒時玩伴。」

「嗯，是這樣沒錯……基於這層意義，我或許不是被扔到完全陌生的土地，所以呢？」

「阿良良木小弟自己在哪裡？」

八九寺姊姊這麼說。

……我？

「阿良良木小弟沒見到阿良良木小弟，這不是很奇怪的事嗎？包括我和朽繩大神，大家都認識你，各自和你建立某種關係。其中也有駿河那樣會襲擊你的女生，但這肯定也是一種交情。可是，換句話說，這個世界原本就存在——從你來之前就一直存在吧？」

「…………」

「既然這樣，那個阿良良木小弟去哪裡了？我們很熟悉你的個性與舉止……但你不是這個世界的阿良良木曆吧？你以外的另一個你──阿良良木小弟的另一面，應該存在於這個世界吧？」

啊啊，問這個嗎？

這就是我和老倉交談時差點冒出來的構想，也可以說是線索。

理應存在的阿良良木曆。

和忍進行時光旅行時，曾經聊過穿越時光的目的地是否存在著另一個自己，不過在現在這種狀況，想得到的可能性只有一個。

既然她們認識我，這個世界沒有我就很奇怪。即使現在不存在，之前也必須存在。

今天早上照鏡子的時候，沒有和我的動作同步的鏡中影像。

彷彿惡狠狠瞪我的那雙眼睛……

「阿良良木小弟是和你對調，去了那邊的世界嗎？然後同樣因為待在『莫名其妙符合邏輯的世界』而混亂……哈哈，這麼一來，那邊大概比較麻煩吧。」

「……這麼一來，這邊同樣很麻煩喔。回到原本世界的時候，必須和另一邊培養好默契才行。」

啊，不過，既然不是我的我位於「忍存在的世界觀」，事情也比較好處理。或許不必利用神原家的檜木浴室，也可以和那邊的世界通訊。

……不對。

假設是這麼回事，假設這個世界的我是和我互換，被拖到另一邊的世界，事情應該也不會這麼順利吧。也不可能心有靈犀表現出完美的默契。

雖說是同一人，或是說互為表裡，想法也絕對不是完全一致。像是雙胞胎即使基因相同，指紋也不同，同樣的，行動的時機也不可能精準配合。

而且在這之前，我得考慮另一個問題。

因為按照常理推斷，就我從黑羽川或雨魔的例子來看，我可以假設這個世界的我——阿良良木曆是什麼樣的人。

阿良良木曆的另一面，是我的天敵。

除了忍野扇，我想不到其他人選。

015

如果這次的事件是小扇設的局，妳也報復得太快吧？這是哪門子的逆襲魔鬼啊？即使不是昨天的仇今天報，也算是前天的仇今天報了吧？我很想這樣抱怨，但是以臆測的方式控訴不在場的人物也沒用。只不過，以神出鬼沒為賣點的她，唯獨在今天沒出現在我面前，我覺得事有蹊蹺。

假設這個世界的小扇和我互換，被送到另一邊的世界，那麼那邊現在就有兩個小扇，該怎麼說，我光是想像就發毛。我應該回去的世界被黑暗籠罩了，小扇居然有兩個……我實在想不出對應之道，甚至慶幸自己免於目睹那個場面。

「總之，阿良良木小弟說得沒錯，要做的事情本身沒變，就是入侵駿河小妹家的浴室，和另一邊的世界通訊。不過要鑽過雨魔的監視可不簡單。」

「這樣啊……哎，說得也是。」

「我再說一次，就算著急也沒用……今天就休息吧。現在的你體力和普通人一樣，所以休息也是邁向目標的一環。怎麼辦？就這樣住在這間神社嗎？」

「不，謝謝您，但我還是想回家……畢竟這麼一來，我也想確認一些事。」

「這樣啊。總之，我與朽繩大神也會繼續採取行動，所以你明天也在傍晚左右再來一趟吧……當然，如果有機會可以回到另一邊，你不可以放過喔。到時候你寫封信留給我就好。」

「知道了……抱歉造成您的困擾了。」

「沒有造成困擾啦。而且我現在的工作就是平定這座城鎮。」

八九寺姊姊充滿派頭地這麼說。這個世界的她肯定也是剛成為神不久，態度卻不知為何有模有樣，非常可靠。這就是獲得百萬大軍助力的感覺。

「老娘倒是很困擾。明明退休了卻被拖來幫忙。」

朽繩大神則是講得很毒（因為是毒蛇）。

「不過，貓的動向令人在意……」

但她補充這句暗藏玄機的話語，然後沉默下來。

這麼說來，黑羽川和朽繩大神的關係還沒揭曉，但是在講到這部分之前，朽繩大神就先踏上歸途……也就是她根本不想說嗎？

我不覺得這部分很重要就是了……

討厭我的黑羽川之所以幫我一把，肯定是基於第三者的意圖……回想起來，這也是我自己編出來的理論。理論在這個世界不具意義。

「可是，即使準備長期抗戰，我也不能待太久就是了，我之前也說過，如果我考上大學，要辦理入學手續。」

「總之以最壞的狀況還有一個方法，就是回到原本世界之後，請小忍帶你回到過去。」

「這種像是哆啦A夢的解決方法……」

「話說回來，因為哆啦A夢改變了大雄的未來，大雄才得以和靜香結婚，不過靜香明明可以和小杉結婚，卻落得必須和原本很笨的大雄結婚，她自己的心情該何去何從？」

「………」

很像是大姊姊會具備的觀點。

我身為男生，不知道該說什麼感想。

就這樣，我下山之後騎著越野腳踏車，回到阿良良木家。這輛車的主人現在不知去向。

既然這輛腳踏車存在於這個世界觀，那麼至少小扇在前天的時間點應該在這裡，但我無法斷言……住在不合邏輯的世界觀果然麻煩。

理論或推論會被連根拔除。

我絕對稱不上聰明，卻也以我自己的方式絞盡腦汁克服至今的困難。智慧派不上用場的現在，感覺像是武器被封印。即使我沒什麼智慧也有這種感覺。

既然出現我不認識的千石撫子，我認為「這或許是做夢」的這個想法也可以解釋為我想太多。不知道的知識未必不會出現在夢裡就是了。

即使不是我在做夢，這裡也可能是其他人的夢境。不過這樣又帶點科幻的味道了。

……我不禁在意起這個世界的戰場原黑儀變成什麼樣子。如果只是變成完全相反，那麼參考老倉的例子，我反倒不想看這種品味惡劣的東西，不過裡面浮現到表面的戰場原黑儀變成什麼樣子？要說我沒興趣是騙人的。

但是，這在某方面果然也是惡劣的品味吧。

比方說，即使那裡藏著脫離這個世界的線索，也等同於是我巧立名目想窺視女友的內心。

這是等同於偷看手機的惡行。

要避免我回到原本世界之後，連正眼都不敢看黑儀一眼。在下定這個決心的過程中，我抵達自家。

總之，只是天馬行空的話應該是我的自由，所以我半打趣地想像看看。嗯，我剛才被黑羽川抓走的浪白公園旁邊，在原本世界的昔日矗立著一棟豪宅，這裡的黑儀現在依然住在那裡，如果是這樣似乎也不錯。

聖殿組合也沒拆夥，從國中時代延續至今……雖然這樣無法解釋雨魔為何存在，不過這個「鏡之國」不需要思考這方面的邏輯。

想到這裡，就覺得對我來說只有麻煩可言的這個世界，或許意外地不差。若是在這裡，曾經被忍野嘲笑的「大家都變得幸福」這個未來也有成立的餘地吧。

不過，哎，這終究是我個人的期望，當然不會事事順心，我原本想在自家進行的「確認」，在最後徒勞無功。「裡」顯現於「表」，這是朽繩大神的假設（神設？），若是見到下班返家的爸媽，應該就能更加確定個中真假，不過他們兩人今天都加班不會回家。

加班來得真不是時候……我姑且不經意向妹妹們與老倉收集情報，但父母和月火一樣，和我知道的父母形象沒什麼兩樣。

沒有實際見面就不方便多說什麼，不過他們兩位雖然比不上月火，卻應該不是表裡不一的類型……但也可能因為他們是大人，是父母吧。

即使表裡翻轉，只要以「大人」粉飾，看起來就差不多……即使不到黑儀的程度，但我不想主動深究父母的另一面，所以心中某處也鬆了口氣。

可是既然這樣，我就後悔了。早知道應該率直接受八九寺姊姊的親切安排。當時不只是因為客氣覺得不能讓她為我做這麼多，老實說，十歲的少女時代就算了，我終究不能和二十一歲的八九寺一起睡，這份良知也是促使我婉拒的原因。

雖說成年與未成年隔了一道厚厚的牆，光看數字卻只有三歲的差距。我已經很難將八九寺真宵視為異性看待，但還是應該劃清界線吧。

我是嚴守品德的人。

雖然我如此自認，但是當我洗完澡，確認洗臉台鏡子還是沒異狀而失望，想說今天就睡吧，或許明天醒來一切都能解決，裝出樂觀的態度回到左右反轉的自己臥室一看……

「啊，曆，你真是的，頭髮沒吹乾會感冒耶～～？不過滴水的樣子也很帥就是了！啊哈哈！」

雙層床的上層，老倉穿著滿是愛心的睡衣，研讀數學題庫。

……回想起來，我來到這邊世界至今沒進過自己房間，不過一想就很好懂。

既然老倉一起住在家裡，那麼因為房間數量有限，我、火憐、月火、老倉非得兩人一組使用兩個房間。從狀況判斷，我似乎和老倉一組。

避免和年長的八九寺姊姊一起睡，結果卻和同年的老倉在同一個房間睡雙層床……

我不經意擬定了逃亡到一樓沙發的計畫。然而……

「咦～～？為什麼為什麼為什麼？我做錯什麼事嗎？曆，你生氣了？不要這樣啦，不可以這麼冷淡！怎麼啦，曆，你意識到我是女生嗎？」

不知道是老倉還是誰的某人強力慰留，導致計畫以失敗收場。老實說我不想長期抗戰，不過現在還沒有回到原本世界的頭緒，引人起疑的行動應該少做。

看見老倉這麼開朗的樣子，我覺得過意不去，不過這個世界是「裡側」，是「裡面」的這個論點，我還是抱持些許質疑，所以我或許應該好好注意她的一舉一動，這算是非常現實的難言之隱……和她聊過就知道，雖說我們住在同一個房間，但是終究會尊重對方換衣服之類的最底限隱私權，所以我放棄抵抗，鑽到雙層床的下層。

說來悲傷，久違睡雙層床令我興奮起來……我小時候面對妹妹們總是堅持睡上層（雙層床與單人床共三張床，我、火憐與月火每天都在互搶），不過睡下層也有一番趣味。

無論是不是老倉，有人睡在自己正上方，感覺挺奇妙的。

「我說啊，老……更正，育，妳對鏡子知道些什麼嗎？」

雖然不到「一不做二不休」的程度，不過事到如今應該有效活用和聰明老倉交談的機會。如此心想的我在關燈之後，像這樣對正上方說話。

不能說的事情太多，所以這個問題相當籠統，但老倉即使完全變樣也不愧是老倉，不是回以「左右相反」這種千篇一律的答案。

「這麼說來，聽說鏡子絕對不是據實照出原本的樣子……」

老倉以惺忪語氣說。

「因為，鏡子雖然反射光線，卻沒辦法完全反射光線。記得普通鏡子的反射率大概百分之八十？再怎麼樣都會被鏡面吸收部分光線。所以鏡中的影像看起來會比實際上『模糊』。」

「…………」

「我們是以鏡子認知自己的長相，不過只能朦朧看見……只能朦朧認知。輪廓是模糊的，缺乏正確性……」

……她說得耐人尋味，我想繼續問下去，但老倉似乎講到這裡睡著了。

鏡子不會精密反映實際的形體。

這個情報可能會成為解決的線索，也可能不會。既然我不想說溜嘴，這或許只是一個冒失的問題。

不過，我也感受到極限了……過於依賴八九寺姊姊或朽繩大神兩位神，我也覺得不太妙，不如明天和老倉一起造訪神原家……不，這樣果然也不妙。

要去找搭檔。黑羽川是這麼說的。

然而，那個搭檔不存在於這個世界。

在這種狀況，能夠毫不思考，甚至不顧慮是否造成困擾就依賴的對象，那傢伙終究是我唯一的人選。我重新冒出這種感想沒多久也入睡了。

我已經忘記，應該也沒辦法回想了，不過在小學時代，暫時收容在阿良良木家的老倉，或許也像這樣和我一起安穩熟睡過……我抱著這種像是做夢的想法入睡。

016

我沒多久就被叫醒。

對方如同抓準我落入夢鄉的一剎那。

這就是一瞬間不知道自己是醒是睡，現在是做夢還是眼花，不知道發生什麼事的感覺。但這次即使過了一瞬間，即使已經清醒，我也不知道發生什麼事。

「噓～～」

沒開燈就站在床邊，豎起食指放在嘴脣上的不是別人，正是目前下落不明的式神女童——斧乃木余接。

斧乃木小妹。

不，如果只是這樣，我應該不會這麼混亂吧。這孩子平時就會做出這種程度的奇特（以及討人厭）行徑。出門平安回來了嗎？太好了太好了……平常我可能有餘力這麼想，然而，這次不行。

因為斧乃木的語氣沒有起伏，沒有情感，死板又冷淡。

「鬼哥哥，躡手躡腳，悄悄起床吧。避免吵醒育姊姊。換衣服準備出門。」

即使在關燈的陰暗房間，也看得出她是面無表情這麼說。

毫無表情，毫無情感，語氣生硬，站姿僵硬。

服裝依然是先前那套褲裝，但她無疑是我熟悉的斧乃木余接。

「…………？」

怎麼回事？為什麼？

我好不容易習慣這個世界，即使一頭霧水依然完成某些解析的這時候，為什麼又出現這種例外？表情豐富，帶著情感說話的斧乃木跑去哪裡了？

而且，眼前的斧乃木說出令我內心混亂變本加厲的話語。

當然是以死板的語氣。

毫無情緒起伏，說出極度震撼的事情。

「鬼哥，默默跟我走。這麼一來，我就讓你見忍——存在於這個世界的姬絲秀忒・雅賽蘿拉莉昂・刃下心。」

017

「話說在前面……可別太期待我。我也是勉強略知一二，距離理解一切還差得遠。」

走在夜路的斧乃木這麼說。無論目的地在哪裡，發動「例外較多之規則」應該都是轉眼就到，不過現在的我跟不上這種移動方法。

那種暴力交通手段，普通人會死掉。

所以我沒騎車，而是徒步移動。以斧乃木的身體能力，即使我全速騎車，她應該也能並肩一起跑，不過雖然比不上「例外較多之規則」，騎著不習慣而且構造不同的腳踏車在深夜移動，依然是很危險的行為。

「斧乃木小妹……」

「鬼哥，什麼事？」

「沒有啦，那個……」

斧乃木頭也不回，自顧自地前進，以讀稿般的語氣回應。完全是我熟悉的斧乃木。

她夜襲上床……不對，是夜襲叫我起床，在妹妹不知老倉不覺的狀況下帶我離家至今走了好久，我依然還沒習慣。

不，若要說習慣，眼前的她確實是我習慣又熟悉的斧乃木，但她為什麼突然像這樣「反轉」？我完全不知道「翻轉」的她再度「翻轉」的原因。

不過斧乃木完全沒說明，這種感覺也正是她在我心中的形象，所以我也不方便直接問，就這樣唯唯諾諾被帶著走。

我這麼說像是過度缺乏自主性，但我不能無視於斧乃木提到的那個名字。姬絲秀忒·雅賽蘿拉莉昂·刃下心。本應不存在於「鏡之國」這個世界的吸血鬼。

不，等一下，如果這裡不是單純的「鏡子裡」，那麼吸血鬼存在於這個世界觀也不奇怪嗎？可是，這樣解釋終究像是牽強附會。

只不過，如果斧乃木真的要帶我去找忍（各位或許會認為我這種說法過於謹慎，但我認識的斧乃木會面不改色撒這種謊），事態應該會一下子得以解決，也可以省去力氣，不用想盡辦法和另一邊的忍聯絡。

只要這邊的忍從這邊開啟閘門，我就能回到原本的世界。事情進展一下子變得很簡單。

想到這裡我就內心雀躍，也可以說不枉費我半夜被叫醒。不過說來悲傷，不知為何，回顧至今的經歷，我認為事情不會這麼順心如意。

自然而然就提高警覺。

如果是看電影，以時間來說，這怎麼想都是劇情中盤的高潮。這種形容應該很接近我現在的感覺。不過以我的狀況，即使在劇情中盤也可能下台一鞠躬，所以千萬不能大意。

無論如何，一直默默跟著走也不是辦法。斧乃木的變化令我畏縮，一個不小心就會因為劇情進展過於眼花撩亂而失去幹勁，不過這時候不應該是「朦朧幽靈影，乾枯芒草枝」，而是「落魄武士魂，無懼芒草穗」。

我打開話匣子。

「那套衣服，很適合妳喔。」

……打開一個不著邊際的話匣子。

哎，再怎麼高明的拳擊手，也都是先以刺拳出招。

「謝謝。」

說來意外，斧乃木道謝了。她不是習慣道謝的孩子，所以雖然語氣生硬，我還是嚇一跳。

「不過，這就某方面來說也怪怪的。我覺得自己應該穿著更可愛的衣服。可惜只有這點無從改變……反正不是我的品味。不對，是我的品味嗎……是品味，而且是惡劣的品味。」

「…………」

「啊啊，是希望我說明吧？我知道的我知道的。從幼女到女童，鬼哥的思考我都理解得一清二楚。」

「不准在這種狹隘的範圍理解我的思考。這不是思考，應該是嗜好……而且也不是嗜好啊！」（註7）

「別看我這樣，我好歹是專家。」斧乃木說。「鬼哥哥今早看見我，和我說話之後，似乎覺得這個世界肯定不對勁……不過，我從鬼哥的這種態度感覺不對勁。當你凝視深淵，深淵也凝視著你。」

斧乃木不知為何引用這句名言。

講得淺顯一點，她看到受驚的我也受驚了，但我雖然不算是保持鎮靜，卻也自

註7　日文「思考」與「嗜好」音近。

認巧妙瞞混過關，所以我不禁感嘆專家的眼光果然犀利，深刻感受到自己多麼外行。

「咦？那個鬼哥居然沒脫我的褲子就走人？匪夷所思……這個疑問就是我本次的出發點。」

「拜託不要從這種地方出發好嗎？妳說的褲子是長褲還是內褲？」

「天曉得。你就問問自己的胸部吧……說到胸部，當時沒有照例用我的胸部玩那一招，這也令我在意。」

「照例用妳的胸部玩哪一招啊？我平常都用妳的胸部玩哪一招啊？」

「沒辦法坐視任何不安的要素，我的個性就是這一點難搞。鬼哥離開之後，我進行自我檢測，思考我生理上的哪個要素嚇到鬼哥，讓鬼哥壁咚。」

「壁咚？我沒做這種事才對吧？」

「我說錯了。是倒胃。」

「完全不一樣吧？這要怎麼說錯？」

哎，女生要是真的被壁咚，肯定會倒胃吧……

「我自行維修之後做出一個結論，雖然到最後不知道鬼哥為什麼對我倒胃，但至少查出我現在處於無法完全發揮性能的形態，查出我身為服侍姊姊的怪異，身為式神，處於不完美的形態。所以，我塑造了新的性格。」

她這麼說。斧乃木余接這麼說。

真的是讀稿的語氣，而且因為她是隨口說出來，所以我差點輕易認為原來如此而接受，不過等一下，她剛才說了什麼？塑造新的性格？

「換句話說，就是撼動了角色定位，刷新了角色設定。我自己不知道是否順利成功，不過就我現在看鬼哥的反應，應該是大致順利成功吧。」

「…………」

雖然壯烈……不過，說得沒錯。

聽她這麼說就覺得沒錯。

這麼說來，斧乃木余接這個人造怪異的性能之一，就是角色特性不一貫，總是受到周圍的影響，持續搖擺不定。真的像是一面鏡子般反映、反射周圍的人。

真要說的話，這個特徵與其說是特性更像是缺點，卻沒想到會以這種方式發揮效果……

她如同萬花筒不斷變化的個性，大幅將我耍得團團轉，讓我吃盡苦頭，但是不枉費我忍耐到現在。哎，那種招牌表情以及語氣，實際上應該會影響到工作，所以在自我檢測時覺得不對勁也是很合理的。

雖然合理……但是在這個世界觀，要「合理」是非常困難的事。已經體驗這一點的我，看到斧乃木獨力完成這項大工程，也只能深感佩服。

「沒有啦，這不是什麼值得稱讚的事，是多虧鬼哥的協助喔。所以我要道個謝。鬼哥，謝謝你那時候沒脫我的褲子。」

「不用客氣，我只是沒做我該做的事。」

不對。

不能真的這麼做吧？

真的當然不能做。

……只不過，一旦朝這個方向思考，我就冒出新的疑問。如果位於這個世界的「阿良良木曆」是「忍野扇」，她終究不可能做這種事。雖然我也不會做，但小扇應該更不會做。

小扇每天早上剝光布偶的衣服玩？這才真的是破壞角色形象。

不忍卒睹。

這也是沒解開的謎團……總之，斧乃木的角色個性成為我認識的斧乃木，成為我的一大靠山。

「……哎，只有像是換裝娃娃一樣隨意更換角色個性的妳，才做得到這種事就是了。」

月火正因為表裡如一，所以月火依然是月火。相對的，斧乃木是因為表裡過於不一，所以翻轉之後的模樣也可以改變。

以老倉說的鏡子反射率為例，斧乃木的輪廓一開始就很模糊，所以形象沒有固定。

「有件事要先講明，我也沒有確實理解喔。應該說我相當逞強。角色個性變化到這種層級，算是大為跳脫怪異被容許的行為範疇……即使產生『闇』也不奇怪。」

「！」

這個字令我發毛。生理產生反應。

原來如此，這邊也有這個概念。

「闇」就是黑暗本身，我以為在這個以光線反射構成的「鏡之國」，是比吸血鬼更無法存在的東西，但「闇」原本就是「非存在」，所以無視於這個法則。

對我來說，這是更勝於蛇神的心理創傷，不過斧乃木面不改色，大概是因為她對自己重新打造這樣的個性吧。

「所以鬼哥，我能做的事情有限。放縱過度會遭遇消滅的危機。」斧乃木這麼說。「我和鬼哥約好將來要去看海。完成這個約定之前，我不能消滅。」

「………………」

我做過這麼帥氣的約定嗎？

明明每天早上都想脫她褲子……

總之，這樣就知道斧乃木的個性為何變成我認識的斧乃木了。對於斧乃木來說，語氣生硬又面無表情是她的最佳狀態，能發揮最佳性能，雖然就某方面來說令我意外，但是不做作的自然形態或許就是這樣。

畢竟在格鬥技的領域也說，極致的架式就是毫無架式。正因為是消除個性的人偶，所以能以任何形式遊玩。

我在這裡重新認知到，看起來自由奔放的斧乃木，意外地貫徹專家立場。

「……所以，接下來怎麼做？如同我到北白蛇神社商量自己遭遇的異狀，妳也要出面調查？」

「鬼哥，你去過北白蛇神社啊……是喔。這部分晚點說給我聽喔。」

「怎麼了，原來妳不是早就知道我的動向啊？」

斧乃木理所當然般提到忍，所以我以為自己今天的行動都在她掌握之中。

「就說別對我抱這麼大的期待了。我過度勉強自己塑造人格，害得腦袋現在一團亂。我當然認為鬼哥在採取某些行動，卻同樣想過鬼哥只是去買禮物要送給育姊姊的可能性。」

「這是哪門子的可能性？」

「因為育姊姊百般央求啊。『曆～～買給我啦買給我啦～～拜託！直到你答應，我才會放手喔！』這樣。」

「她對我撒嬌撒成這樣啊……」

是要我買什麼給她？

而且，整天想脫斧乃木褲子的我，另一方面卻在不是老倉生日的日子（記得肯定不是）願意聽她這樣的願望，說真的，這個世界的我究竟是怎樣的人……

「啊～～啊，育姊姊應該會失望吧。」

「別這樣，不准對我施壓。害那個傢伙失望，我會很難受的。不准對現在的我追加工作。所以……妳調查城鎮之後，決定讓我和忍見面……嗎？」

「就是這麼回事……只是，這部分我很期待鬼哥直接見到她的時候會做什麼反應，所以我不詳細說明，不過這個前刃下心當然不是鬼哥認識的刃下心……這部分要做好覺悟喔。」

「嗯，我知道……妳剛才說妳期待我的反應？」

「說了。所以呢？」

「講得也太坦蕩了吧？」

呼。

即使在那邊的世界，我和斧乃木交情也不算好，應該說我們結下各種恩怨與過節，不過能像這樣進行「一如往常」的互動，還是撫慰了我的心情。

只不過，關於忍應當會有的「改變」，我認為我需要的不是普通的覺悟，或許是警戒。因為我完全無法想像忍的另一側、另一面是什麼樣子。

既然忍在這個世界，就可以從這邊開啟閘門，讓事件圓滿落幕……這其實是無視於上述問題的樂觀看法。

雖然不是「鏡之國」，但我曾經在另一個時間軸，遭遇另一個形態的忍——名為姬絲秀忒・雅賽蘿拉莉昂・刃下心的怪異。

她憎恨我，厭惡我。

到最後，甚至毀滅世界。

……我想，忍的另一面不會直接是那副模樣，但應該沒人能斷言忍內部沒有包含那種可能性。

畢竟她至今活了約六百年，確實抱著各式各樣的「另一面」。

坦白說，我沒自信能夠完全承受。

只是，現狀無法說出這種丟臉的喪氣話……既然猿猴惡魔守護著神原家的檜木浴室，如果有其他可行的辦法就應該採用。

「我不知道那邊的情形，不過……」此時，斧乃木問。「『那邊』的我，和姊姊相處得好嗎？」

「嗯？慢著，我想想……」

我結巴了。

就算她這麼問，我也不清楚影縫和斧乃木的關係。即使問影縫，她也是難得含糊帶過。

「原來如此。哎，我想也是吧。」

斧乃木聳了聳肩，似乎將我的沉默當成答案收下。不知道她是否有自己的想法，但她沒有表情，所以我看不出來。

不過，這正是我認識的斧乃木。

我覺得有點對不起她。回想起來，在這個世界以布偶身分，面帶豐富表情和平過生活的斧乃木，如今變成面無表情，語氣死板，酷似人偶的人偶，我或許應該好好反省。

雖然應該是專業意識的顯現，但斧乃木即使察覺「鏡之國」不合邏輯，也沒必要特別做些什麼才對。

「所以，鬼哥今天要去哪裡脫誰的褲子？」

「稍微讓我為妳感傷一下好嗎？如果妳想知道我今天的動向，麻煩正常問我好嗎？」

「記得是先去北白蛇神社，脫真宵小姐的褲子？」

「這樣罪孽太深重了吧？我會當場遭天譴。」

經過這樣的互動，我向斧乃木大致說明今天的行動。由於說來話長，我擔心會不會說著就抵達目的地（她還沒告訴我，大概也是想看我的反應吧），不過這是我白操心了。

總之，發生的事件只有兩件，也就是在神原家門口吃閉門羹，以及被黑羽川拯救。見到認識的人並且為其中的差異感到驚訝，始終是我自己內心的問題。

「嗯。換句話說，鬼哥今天脫了真宵小姐、猿猴姊姊、貓姊姊、蛇姊姊以及育姊姊的褲子。」

「妳已經完全把褲子當成內褲在講了吧？」

「啊，我忘了算火炎姊妹。」

「不用算她們。」

「哇，鬼哥哥真是了不起，妹妹的褲子不列入計算是吧？」

「可以從不同的角度對我說聲了不起嗎？如果妳聽我說完的感想只有這方面的了不起，我終究會悲從中來的。」

「哎，對我來說，這是理所當然的人們理所當然會做的事。不過，我在某一點和鬼哥持相同意見。」

「是喔？哪一點？」

「第一次和你意見一致耶。」

「不准講這種歡喜冤家的對白。至今我們也有好幾次意見一致。哪一點？」

我再度詢問。

「黑羽川拯救鬼哥的這一點。依照我對她的認知，這應該是不可能的事。」

斧乃木如此回答。

原來如此……因為「翻轉」，所以黑羽川內心的好惡也可能產生變化，不過這個世界的斧乃木，站在專家的角度是這麼說的。

那麼，果然如我一開始的推理，是某人託她過來幫我嗎？直到剛才，我都以為或許是斧乃木拜託的，不過從對話過程來看應該不是。

「只是，我心裡沒有底。誰會委託黑羽川來幫我？」

「說得也是。我沒聽過有人肯幫鬼哥。我基本上也不會幫。」

「我不是這個意思，我是說沒人會委託黑羽川。我基本上也不會幫別人。不要胡亂傷害我的內心好嗎？你現在不就像這樣幫我了？」

「我是想讓鬼哥以為我在幫你，在最後關頭拋棄，觀察你那時候的表情。」

「妳性格惡劣到讓人難以置信吧？給我從頭塑造角色好嗎？」

還以為或許可以獲得某些線索，但是斧乃木心裡也沒有底的樣子。看來這部分依然成謎。哎，真要說的話，這堆不解之謎一直沒得解就是了。

可以像這樣和斧乃木對話的現在，其實才正開始向前邁進。

「……忍知道我會來嗎？妳如果要我別問，我就不會多問，不過換句話說，妳有沒有先和她約好……」

「有約好喔，請不用擔心。雖然不知道那邊的世界怎麼樣，但我和那女人在這個世界相處得很好。」

「不，妳們絕對相處得不好吧？『那女人』這種稱呼，怎麼想都懷著惡意吧……嗯？」

至此，我終究得知斧乃木要去哪裡了。本來應該在更早的階段知道，但畢竟是深夜，加上路線左右相反，所以我晚一步察覺。那裡明明是我從一年前就造訪許多次的場所。

流浪的專家——忍野咩咩當成根據地的廢墟。這一趟的終點，是補習班遺址的廢棄大樓。

……在我所知的世界觀，那棟建築物在去年夏天失火，全部燒光，連一點痕跡都不剩，不過既然她像這樣要帶我過去，或許在這個世界，那棟廢棄大樓還完好如初。

不，說不定在這個世界，忍不是住在我的影子，而是自從和忍野一起住在那裡之後，一直在那間教室住到現在……

這麼一來，可以預料她果然對我……應該說對「阿良良木曆」不太友善。斧乃木陪著我，所以應該沒什麼生命危險……但或許稍微提高警戒等級比較好。

「鬼哥，怎麼了？突然這麼安靜。死掉了？」

「不，沒事……我哪能死？我在想事情……總之，各方面多方面都說我想太多，所以我或許別多想比較好，但要我不想事情是不可能的。」

「『不是袋鼠，是青蛙』的意思是吧？」

「真要說的話應該是『不要思考，要用感覺』吧？」

「兩者的共通點在於『跳』。換句話說，需要的是跳躍。跳躍式思考。我原本就是這個世界的居民所以不懂，不過既然鬼哥不是這裡的居民，或許找得到合適的跳躍點……我像這樣被捲入這個事件，說不定鬼哥哥覺得過意不去，想向我磕頭舔我的腳。」

「我覺得過意不去，但是很抱歉，我不會做到那種程度。」

「沒什麼，我也覺得過意不去，所以彼此彼此。我可不想被鬼哥舔腳。」
「妳是不是曲解成我很想舔妳的腳？」
「這部分最好不要太在意。我早就知道這一天遲早會來。」
「…………？」
怎麼回事？
這也是歡喜冤家會說的帥氣台詞系列嗎？「我早就知道總有一天會像這樣並肩作戰」之類的……不過，在我想進一步詢問時，已經太遲了。
我們抵達了目的地。
……然而，我的預測一半正確，一半錯誤。不，我為自己打這個分數應該說太偏袒自己了。
若是陳述客觀的事實，我應該是九成猜錯吧。因為我說中的頂多只有場所。反過來說，只有場所勉強猜中……
這裡是忍野咩咩當成根據地的補習班廢墟——所在的位置。
這是正確的。
但我這麼說，並不是指這個世界的那棟補習班廢墟也和我的世界一樣，失火燒得不留痕跡，成為一片焦土。

不是這樣。

該處蓋了完全不同的建築物。

「我驚呆了……」

我驚呆到忍不住脫口這麼說。不，如果該處蓋的只是普通的建築物，無論是大樓、住家還是商店，我應該都不會驚訝到這種程度吧。

進一步來說，無論這裡是哪裡，即使是補習班遺址以外的城鎮某處，若是我熟悉的場所蓋了「這種東西」，我肯定會同樣驚訝。

「…………」

忍野咩咩曾經當成根據地的這塊土地，居然蓋了一座真正的城堡。

018

雖說是城堡，卻不是日本所說名古屋城或熊本城那種城，是西式城堡。巨大的建築物占滿整塊土地，直上雲霄。

轟立在我的面前。

講得隨便一點，這是文化財產等級的氣派大城。這種東西屹立在日本某地方都市的鄉下城鎮，成為極度奇特的光景。

像是粗製濫造的合成照片。ＣＧ說不定還比較真實。現實就是令我如此難以接受。

從我感覺到的風格以及古色古香的氣息，我甚至覺得這座城堡不是蓋在那個廢棄大樓的遺址，而是遠從數世紀前——例如六百年前就建立至今。

「…………」

這是……我第一次經歷的類型。

人類或怪異和原本大不相同的例子，我今天一整天看了不少，但是來到這個世界至今，我第一次看建築物或風景出現「左右反轉」以外的變化。

我還不知道應該從這個現象汲取哪些線索，但我知道我的冒險似乎進入下一個局面。

「斧乃木小妹，忍……在這裡面吧？她住在這座城堡吧？」

「嗯，沒錯，鬼哥。她在這裡。住在這裡。姬絲秀忒・雅賽蘿拉莉昂・刃下心，另一個名字是忍野忍的她，現在被稱為城堡忍。」（註8）

「不准說謊，不准光明正大說謊。終究不可能這樣吧？」

「哎，就算不管這個，如此氣派的名城，鬼哥應該遲早會看見，但我還是覺得由我引介比較好……好啦，進去吧。」

「進……進去？可是這裡可以擅自進去嗎？」

「這種城堡不可能有對講機吧？」

確實。如果有這種東西，我會失望。

真要說的話，這裡莊嚴到應該有衛兵站崗，但是衛兵似乎也不在。

這麼一看，就覺得這座城堡果然像是文化財產，感覺不是人類的住處。哎，若說這裡是吸血鬼的住處就覺得煞有其事。

我曾經變成吸血鬼，對於這方面的知識卻意外地少，所以不清楚他們住在什麼樣的城堡，但若有人說這座城堡住著傳說中的吸血鬼，我應該會接受。只是城堡蓋在這種鄉下城鎮，我還是覺得很突兀就是了。

註8　日文「忍野」與「城堡」音近。

總之，我就這麼在斧乃木的帶領之下，進入城堡。

進到裡面，走廊與階梯都很陰暗，詭異感更勝於莊嚴感。這裡沒有電？大概是要重現中世紀吧……與其說是重現，應該說這裡本來就是中世紀城堡。

「這麼說來，斧乃木小妹……」

「什麼事，鬼哥？」

「接續我剛才說的冒險過程……我一直以為忍不在這個世界。鏡子照不出吸血鬼，所以我以為她不在鏡子裡。八九寺姊姊也是這麼說的……不，她沒明講，感覺卻像是當成事實默認，那麼忍為什麼在這裡？為什麼會蓋城堡住在這裡？」

「這好像有點誤會……而且真宵小姐也有所誤解。因為剛成為神沒多久吧，還不到完美的程度。不過，即使就我看來還很生疏，但別看真宵小姐那樣，她可是很努力喔。」

「妳架子擺太高了吧？妳是從多高的位置講這種話？」

「只不過，這部分就是這個世界不合邏輯的地方……鬼哥，我叫你『鬼哥』對吧？」

「嗯。不知道從什麼時候，就固定這樣叫我了。」

「知道我為什麼這樣叫你嗎？」

「問我為什麼……這個嘛，總之，我知道。」

「這樣啊。我不知道。」

斧乃木這麼說。

說得我一頭霧水。

「…………？這是什麼意思？」

「鏡面世界——裡面世界嗎？聽鬼哥這麼說明，我就覺得原來如此。只不過就我看來，鬼哥那邊似乎也不太自在。大家說『裡面的裡面是表面』，不過裡面的裡面依然是裡面吧？」

斧乃木以死板語氣說。她是怪異，似乎不受黑暗影響，腳步和走在戶外時沒有兩樣。

「也有人說『有表就有裡』……不過，應該也可能兩面都是A面。鬼哥，比起用表面話或漂亮話隱藏內面的那個世界，不覺得這邊正當得多嗎？」

「這個嘛，不，那個……」

說什麼傻話。我哪會這麼覺得？

我差點這麼說，但是良知發揮遏止的作用。斧乃木是這個世界的居民，我不應該過於出言否定這個世界本身。

不過，這正是斧乃木說的「表面話」，是不同於真心話的表面吧。

表與裡。

以這種對立構造陳述，會從字面形象認為「表」是好的，「裡」是不好的，但未必都是如此。只粉飾表面或是只懂皮毛肯定不正確。

不過，那麼「裡」是真物，「表」是偽物嗎？也不見得吧。比方說朽繩大神的粗魯與孤僻，應該是千石撫子的另一面，是她自己，但我所認識那個微微低頭的女孩不是千石撫子嗎？我覺得那樣的她也確實是她自己。

表與裡，都是自己。

若是談論起「真正的自己」，才真的會失去自己。要進行尋找自己的旅程是無妨，但如果沒有自己，基本上也沒辦法啟程旅行吧。

……以忍的狀況又如何呢？

到目前為止，我不禁滿腦子都在想她和我的關係，不過除此之外，她還藏有什麼樣的「另一面」，真要說的話我很好奇……

「往這裡。前刃下心在寢室等你。不過，這種稱呼方式我也有點質疑。即使不叫城堡忍，叫她忍野忍也不太對。」

「……？意思是說，現在的那傢伙不是『前』？」

「直覺真敏銳。我的樂趣少了一個。」

不准樂在其中。

我要讓妳的樂趣變成零。

喂喂喂，換句話說，現在的那傢伙——這個世界的那傢伙，是沒失去吸血鬼特性的狀態，是全盛時期的狀態？

不是前姬絲秀忒・雅賽蘿拉莉昂・刃下心，不是忍野忍，而是純正的姬絲秀忒・雅賽蘿拉莉昂・刃下心？

我隱約猜得到她應該不是那種幼女狀態，可是……這麼一來，真的令我想起在不同時間軸毀滅世界的那個忍。

得更加繃緊神經才行。

我是這麼想的，然而當我在斧乃木的帶領之下進入寢室（要說這間是寢室也太大了），在豪華絢爛的床上等待我的她，更勝於我下定覺悟的想像。

看來，這個世界沒有任何事物「如我所料」。不對，雖然不如我所料，但是並非令我難以置信，無法接受的鋪陳。

看見之後，就可以認同。

只是正確來說，我沒看見。

薄薄的簾幕圍繞著床，只能隱約看見內部。然而我光是看見剪影就察覺了。察覺了一切。

「阿良良木大人，歡迎光臨。該說初次見面嗎？小女子是姬絲秀忒・雅賽蘿拉莉昂・刃下心。」

美麗的她，以古時候的語氣向我打招呼。

不過，這個時候的她，不是吸血鬼。

是人類。

019

原來如此，那就可以理解了。

鏡子照不出吸血鬼。因此，吸血鬼無法進入鏡子裡。我是以這個論點，解釋忍現在為什麼不在我的影子裡，接受我的搭檔不在這個世界的事實。

然而，這個論點有破綻。

與其說破綻，應該說突破點。

我是以吸血鬼性質被消除的狀況，存在於這個世界。這就可以沿用為答案。只要忍在這裡也發生相同現象，就可以存在於這裡。

不對，這個形容會招致誤解。

我認識的忍野忍，斧乃木所說的前刃下心，應該還是留在另一邊的世界。不過，這並不等於這個世界沒有忍野忍。

這裡沒有大隻火憐，卻也有小隻火憐。同樣的，這個世界有這個世界的忍野忍。

我知道斧乃木所說那段神祕話語的意思了。她為何叫我鬼哥哥，叫我鬼哥？

在另一邊的世界，這個答案很明確。我昔日是吸血鬼的眷屬，所以稱呼我是

「鬼」雖然在禮貌上有所爭議，卻非常合理。八九寺姊姊與朽繩大神都是這樣看待我的。

然而，如果是吸血鬼無法存在的世界，吸血鬼的眷屬肯定也無法存在。所以這部分的邏輯搭不起來。

知道我是吸血鬼的受害者，卻不知道吸血鬼。所有人內心都有這種矛盾。

實際上，這個世界沒有吸血鬼，我也必然不會被稱為「鬼」，然而「沒有吸血鬼」不等於「沒有忍野忍」。

我自己直到前一刻都沒意識到，但我在距今一年前的春假聽說過，鐵血、熱血、冷血的吸血鬼──「怪異殺手」姬絲秀忒‧雅賽蘿拉莉昂‧刃下心，是人類變成的吸血鬼。

六百年前的她，是人類。

是家世顯赫，真的像是會住在城堡，將城堡當成己身一部分的公主大人。

這就是她的裡側。

忍野忍的另一面。

「請不用這麼緊張。阿良良木大人，請抬起頭吧。」

聽她這麼說，我才首度察覺自己是跪著進行這個考察。

真是不得了，簾幕後方釋放出不是吸血鬼，而是人類的高貴氣息，使我反射性地跪下。

我絕對不是知書達禮的人，這股壓力卻強到連我都站不住……不對，不應該以「壓力」這種粗魯的字眼形容。

說來恐怖，這是一種更溫柔的東西。簾幕另一側的她，溫柔地讓我跪下。

這是所謂的領袖光環嗎？

還是向心力？

她的聲音令我抬起頭，但我內心滿是「惶恐」的感覺。

……斧乃木終究直挺挺站在我身旁，即使如此，床的周圍也似乎架設某種結界，禁止她繼續接近。

不是怪異，是人類。

是一個人。

位於簾幕另一側的她，是人類的姬絲秀忒・雅賽蘿拉莉昂・刃下心。別說吸血鬼全盛期的那時候，說到純粹的力量，搞不好比吸血鬼的幼女時代還差。

即使如此，身為人類的她，卻比我所認識所有時代的她還要高貴，還要難以接近。沒有道理可循，就是令人不得不對她抱持敬意。

彷彿中了某種魔法。

「抱歉就這麼隔著簾幕，連交談都不露面，請原諒小女子如此失禮。」

她是這麼說的，但這反倒是在顧慮我吧。這是當然的，隔著簾幕都這樣了，要是直接面對面，我或許撐不住。或許無法忍受自己的卑微而無法對話。

雖說跪著，但我之所以能像這樣勉強維持自我，無疑是因為認識忍野忍，認識吸血鬼時代的姬絲秀忒．雅賽蘿拉莉昂．刃下心。否則我不知道現在會做出什麼行動。

她現在是人類，當然沒棲息在我的影子裡，不過我似乎知道她為什麼像這樣獨自住在城鎮郊區了。

如此高貴的氣息，要是在平凡的城鎮散發，可不是鬧著玩的。雖然不適合以這種話語形容豪奢的城堡，但她在這個世界，就是以這種方式遠離塵世隱居。

這就是八九寺姊姊與朽繩大神沒掌握到她情報的原因嗎……斧乃木是以專家身分知道這件事？

不，或許是調查的結果。這部分的詳情晚點再問吧。我見到忍的瞬間就跪下，斧乃木看到我這個反應應該也十分滿意，所以事後問她應該願意回答吧。

現在要先和忍對話。

不過，要我毫不畏縮應該比登天還難吧。

「聽說您來自異世界。來自異世界的阿良良木大人……換言之，您和小女子認識的『那一位』是同一人，也是不同人。這是真的嗎？」

「是……是的。」

我頂多只能像這樣點頭。

明明不是映在鏡子裡，我的聲音卻好像要反過來高八度。

這個世界的「阿良良木曆」被稱為「那一位」嗎……一下子想脫斧乃木的褲子，一下子又願意接受老倉的央求，我完全猜不透他的角色個性。

這是我的另一面？

不是小扇？

「因為有緣，才能像這樣實現和異世界的交流。小女子很想和您一起喝杯茶慢慢聊，可惜沒時間。阿良良木大人，您現在身處的狀況，請以小女子聽得懂的方式說明吧。在您眼中，小女子肯定是初次見面無法信任的對象，但是請您卸下心防。雖然無法保證，但小女子或許能成為您的助力。」

「好……好的。」

我沒多想就點頭。

一年前的春天，我聽了瀕死吸血鬼的請求，不過我從面前女性感受到的強制力更勝於當時。

其實應該不是強制力，我是自發性地想聽她的話。

太危險了。

而且，我覺得這已經不是左右相反或表裡翻轉，根本是另一個人……那個幼女心中藏著這樣的自我？

她把自己想像得太尊貴了吧？

不過，現在不是能這樣吐槽的狀況，面前的她也當然沒有任何責任。我就這麼依照她的要求，說明今天早上開始的一連串事件，而且比剛才說給斧乃木聽的時候還要詳細。這段時間所整理的另一側世界觀，我也在這段時間一起說明到某種程度。面對她高貴的氣息，我很想一五一十全說出來，之所以能夠強忍這股衝動，僅止於說明到「某種程度」，與其說是我的自制心建功，不如說我猶豫告知「您在異世界變成幼女，每天吃甜甜圈無所事事似乎很滿足」這個真相。

不過，異世界的她是吸血鬼，這一點就無從隱瞞了。

……只不過，我在說明的同時，以內心冷靜的部分判斷，這位忍野忍——姬絲秀忒・雅賽蘿拉莉昂・刃下心，終究無法成為我這種人的助力吧。

再怎麼高貴，再怎麼偉大，人類依然是人類。雖然稱不上是同一種人，但再怎麼樣也是人類。

忍野忍即使是幼女，但她是吸血鬼，正因如此才能開啟通往異世界的閘門。我不認為面前的人類擁有這種技能。

聽到斧乃木說要帶我見忍的時候，我就不認為事情會急轉直下得以解決，看來我猜中了……即使像這樣和她商討對策，但是兩位神聯手都找不到打破僵局的方法，我不認為始終是人類的她做得了什麼。

哎……不過就算這麼說，我也不能糟蹋別人的好意，而且光是像這樣說出來也可以舒坦些吧。

只不過，公主大人剛才也隨口提到，「沒時間」是什麼意思？

這邊已經下定決心要長期抗戰……單純是公主大人等等有事嗎？

我思考著這種事，就這麼跪著將至今的概要說明完畢。

「謝謝您。您來自一個有趣的世界耶。」

公主大人說出這種感想。不是客套話，看來我的說明真的令她聽得很愉快。

總覺得像是結束漫長旅程回來的冒險家，向王族報告旅行的點滴。或許可以領取金幣當獎賞回去。

不過，有趣的世界嗎……

八九寺姊姊或朽繩大神，大概是基於神明大而化之的個性，對我的世界幾乎不感興趣，不過從這邊的居民看來，我居住的世界確實才是異世界，是的，身為人類或許會覺得樂趣無窮。尤其像她獨自住在這種城堡，難免會這樣吧。

「就您看來，我們的世界或許是假象吧。不過，小女子居然是吸血鬼……小女子真想當一次鬼呢。」

「…………」

我沒回應或許是一種不敬，但是聽她這麼說，我什麼都說不出口。我不可能輕易說出「是的，成為吸血鬼不錯喔」這種話。

「只是對小女子而言，這才是幻象。我們彼此都是假象吧。」

公主大人這番話，如同斧乃木來這裡的途中對我說的那些話。不對，話中隱藏的意義或許更深更沉重。

比起裡面，表面更像是假象，是幻想，其實並不存在。聽她這麼說就覺得果然一點都沒錯。我不認為一直如實表現出自己是對的，但我們在日常生活當中，確實在各方面有所偽裝吧。

「宛如映在水面的明月……」

公主大人說得很浪漫。

我家的小忍絕對不會講這種話。

不過，「映在水面」真的是很好的比喻。因為現在的我就是為了尋求水面的影子，試圖入侵神原家。

若是問我這麼做是否真的能回到原本的世界，其實也未必……但我現在只有這個準則可循。

「說來遺憾，小女子是凡人之身，和那邊世界的小女子不同，無法開啟通往異世界的門。」

公主大人愧疚地說。我真的不敢當。居然讓公主大人說出這種話，我才覺得愧疚，應該負起責任毀掉講出這種話的喉嚨。

……我這是哪門子的想法？

為什麼非得自毀喉嚨？

「不過，應該可以提供一些智慧。請當成涉世未深的戲言，聽聽小女子怎麼說吧。」

「好……好的。不勝感激。」

不勝感激？

我的字典居然有這種詞……

「刃下心，雖然撐得比我想像的還久，但鬼哥哥差不多快不行了，所以快點吧。即使鬼哥哥具備耐性，妳的影響力看來也相對增強。」

斧乃木插嘴說。

我聽不懂她這番話的意思……覺得她對公主大人講話沒禮貌，但這孩子似乎難得為我的身體狀況著想。

「好的，斧乃木。」

公主大人說。語氣平易近人得多。

而且是直接叫斧乃木的姓氏。

我所知道的兩人交情極差，在家裡擦身而過都不會講半句話，不過在這一側出乎意料沒那麼差嗎……原來剛才說的是真的？這麼一來，忍與斧乃木或許在心中認同彼此吧。

這聽起來是一段佳話，可是既然這樣，我真不希望以這種形式得知……

「阿良良木大人，您最好盡早回到您自己的世界。八九寺大人似乎建議您寬心以對，但這是站在神的角度才這麼說，不符合凡人的立場。」

我剛才聽到「沒時間」這三個字想到的事，從公主大人的口中說出。居然和公主大人的想法一致，我真是三生有幸……不對，我惶恐解讀公主大人的想法，或許是罪該萬死的失禮行徑。

……就說了，這是哪門子的想法？

我又不是這個人的屬下……成為吸血鬼眷屬的時候，我對忍也沒這麼想啊？

「之所以這麼說，是因為您待在這個世界，對這個世界產生莫大的影響。影響……或許可以直說是負面影響。小女子明知失禮還是要講明，阿良良木大人，您是襲擊這個脆弱世界的災害。」

「…………？」

負面影響？襲擊？災害？

這真的是口不擇言的謾罵，和公主大人謙恭美麗的遣詞用句完全不搭，但我神奇地沒受到打擊。單純覺得不可思議。我個人反倒覺得自己是捲入某種大災難的受害者。

忽然間，我想起忍野咩咩。

我不喜歡這種受害者的嘴臉。

那個男人經常這麼說。

動不動就怪到怪異身上，總是想要推卸責任，是那個專家討厭這種做法。我雖然沒這個意思，但這次不知何時落入這種思考模式了嗎？

公主大人是在批判我這一點嗎？

感恩公主大人，讚嘆公主大人。

「在您眼中是假象——充滿矛盾又不合理的這個世界，也是以這個世界應有的平衡成立的。您讓這個平衡陷入危機。實際上……那邊那位斧乃木就變質成為您眼中正確，我們眼中異常的存在。」

「！」

聽她這麼說，我反射性地看向斧乃木。斧乃木對我擺出橫向的勝利手勢。

為什麼擺這個姿勢？

不過，公主大人指摘得沒錯。斧乃木說過「我早就知道這一天遲早會來」就是了。

而且依照她的說法，今後我也會讓斧乃木以外的人產生這種「變質」嗎？

「小女子沒這麼說，只不過，無論如何都會產生矛盾。阿良良木大人是阿良良木大人，也不是阿良良木大人，但是我們都將這樣的阿良良木大人當成阿良良木大人接納，因為是同一人。由此產生的矛盾，可能連根毀掉我們的世界。」

「…………」

居然說到世界……總覺得話題格局變得很大。不，原本就是在討論世界的話題，只是我對此過度缺乏自覺。

我面對火憐、月火與老倉時，都避免讓她們知道我是來自異世界的阿良良木曆，但她們心中的阿良良木曆形象和我不一致（我不相信自己是月火那種表裡如一的人），所以如同斧乃木覺得我不對勁，她們肯定覺得我「好像怪怪的」。

實際上，老倉就這麼說過。所以才會說出「覺得都是假象」這種話吧。

即使如此，她們也始終將我認知為阿良良木曆。因為我不是別人，正是阿良良木曆。

儘管外型天差地遠，現在位於我面前的依然是忍野忍。兩者是同樣的道理。

「在世界產生認知不協調的問題之前，非得讓您回到原本的世界。不然這個世界會吃不完兜著走，您當然也會吃不完兜著走。事態會變得非比尋常吧。實際上，小女子也已經出現影響。小女子所知的阿良良木曆大人形象，早早就開始模糊了。」

「我在……」

我在這個世界是什麼樣的傢伙？

我第一次主動問公主大人問題。與其說是我想知道這個答案，應該說我認為我如果不說點話會「不太妙」。

現在的我飽受罪惡感折磨，一個不小心可能會刎頸自盡。為什麼？我知道自己確實對這個世界造成傷害，但是還不到無法挽回的地步，為什麼思考方向會傾向於急著以死謝罪？

公主大人心中的阿良良木曆形象毀損，是這麼重的罪過嗎？

「這……小女子不能告訴您。」

公主大人說。

「意……意思是說，您已經忘記到無法告訴我嗎？」

「不，還沒到這個階段。不過繼續這樣下去，恐怕會如您所說就是了。之所以不能告訴您，是因為您知道之後，可能會對您造成負面影響。斧乃木，妳也別多嘴喔。」

「我當然連一句話都沒說喔。」

斧乃木光明正大說謊。

這裡的阿良良木曆會脫人褲子，不就是妳告訴我的嗎……還是說，那是開玩笑的？這就太惡質了。但如果不是玩笑就更惡質了。

「可……可是，小的當然也想盡早回去……」

我這是什麼語氣？

是繳不出年貢所以直接來申訴嗎？

「不過，如小的剛才所說，現在無計可施。唯一的光明是神原家的大浴場，但即使能夠接近，也不確定接下來是否真的能聯絡到另一側……」

是的。

我說神原家的檜木浴室有這種傳說，只是把平凡的占卜當成最後一根稻草。

雖說和神原遠江有關，但是傳說本身屬於神原家，不是臥煙家。說真的，我可以依賴這種東西嗎？

與其因為這種事讓公主煩心，現在立刻自盡才是完全正確的做法……所以說我為什麼這麼想死啊！

「不行。忍，到極限了。」

斧乃木從旁揪住我的後頸，硬是讓我站起來。

怎麼了？她在說什麼？

「時間到。我要帶他回去。所以對他說最後一句話吧。」

居然為難公主大人！

這份無理，就由我以死謝罪……不對，未經許可就在公主面前站起來的我，身為奴僕的我才是罪孽深重，必須死，該死，非死不可……

「知道了。斧乃木，受妳照顧了。」

「我不介意。習慣了。」

……斧乃木莫名帥氣耶。

妳站在這種立場，會不會太奸詐了？

「阿良良木大人，您走的路是正確的。不過，光是這樣還不夠。不要試著獨力成事，請徵求助力吧。如同您曾經成為小女子的光明，在這個世界，也請您成為某人的光明……」

「『例外較多之規則』。」

斧乃木這麼說，然後縱身一跳。

不是袋鼠，是青蛙。

020

「雖然和鬼哥哥世界的忍不一樣……不過和那位公主大人講話講太久會很危險。

簡單來說，會受到她的威光影響變得想尋死。她一開始就說過吧？她說『沒時間』，也說『不能慢慢來』。」

她說過。

還以為那是在催促我早點回到原本的世界，原來當時講那句話是這個意思。

但是不提這個，斧乃木「例外較多之規則」的威力，在這邊的世界似乎也沒打折扣。不，老實說，在這邊世界的性能或許優秀得多。

因為，她就這麼抓著我的脖子，從寢室貫穿好幾層天花板，離開忍居住的城堡，降落在附近的道路，即使我像這樣整個人劇烈升降，大腦也沒有明顯晃動。昔日以「普通人狀態」被「例外較多之規則」拖著到處跑的時候，我可是一下子出現高山症，一下子昏迷，吃了不少苦頭。

看來這邊世界的她，可以控制「例外較多之規則」的速度。前來的途中之所以沒使用這一招，單純是想利用途中的時間聽我說明。

不，另一邊世界的她並不是絕對做不到，卻無法這麼精準吧。我想這不是精不精準的問題，是個性的問題。

為了和那邊世界的斧乃木的言行舉止相同，這邊世界的斧乃木改造了個性，但這始終是臨時的應變措施，應該不會完全一致……反過來說，她應該不像那邊世界的斧乃木能夠放下顧慮，發揮這一招最強的威力。

凡事都同時具備優點與缺點。

不過這次我是因此而得救。

「受到威光影響變得想尋死……是沒錯啦，當時我忍不住就跪下，不過到妳說的這種程度就不好笑了。所以她才像那樣待在簾幕後面不出來嗎？」

「沒錯。要是親眼看見她的美，區區如鬼哥這種角色，大概會當場把自己的腸子拉出來吧。」

「為什麼要選這麼悽慘的自殺方法？可以讓我死得痛快一點嗎？」

雖然這麼說對不起公主大人，不過離開那裡使我獲得強烈的解脫感，得以像這樣吐槽斧乃木。只是想到她剛才的指摘，我覺得原本連這種拌嘴都應該禁止。

世界正在失去平衡。

斧乃木不再是斧乃木，而且這種變化會連鎖產生。如同下黑白棋的時候，將棋子下在理想的位置，連續翻轉對手的棋子。

「關於細節，請閱讀動畫版官方書籍刊登的童話《美麗公主》比較好懂。」

「雖然比較好懂，但妳為什麼要在別人正經想事情的時候講這種話？我正打算接下來避免吐妳槽，所以別搞笑了。」

「不是說過這部分不用在意了嗎？該怎麼說，過度注意就會放不開。你這反應就像是某個男生發現從小學就玩在一起的女生某天穿了胸罩，拜託別這樣。」

「妳這是什麼比喻？」

「這是工作。以我的狀況，只要用點心，改變的性格也遲早可以修正回來，應該說原本就沒有基準形態，所以送你回到另一邊之後就會慢慢回復。」

「……那就好。」

「回到正題吧。要是找不到官方書籍，請到附近的書店下訂。」

「不准繼續打書。這是哪門子的回到正題？就算去書店，字也是反的，我完全看不懂……忍的人類時代原來長那樣啊。原來她真的是公主大人。」

不，我聽她這麼說過，不過老實說，我至今半信半疑……

「我認為未必如此。若是採用鬼哥的假設，她那副模樣始終是『裡側』，並不是映出真相。如她本人所說，宛如映在水面的明月……」

「…………」

「哎，不過正如你的推論，在這個世界，忍的那種影響力過於強大，才像這樣一個人隱居。高貴到光是謁見就能殺人，可能會引發革命的。她身為人類，卻超越人類的範疇。」

被稱為「貴重種」的姬絲秀忒・雅賽蘿拉莉昂・刃下心，身為吸血鬼卻超越吸血鬼的範疇。同樣的，這邊的她身為人類，卻超越人類的範疇是吧。

我重新體認到她是個不得了的傢伙，我這種人實在配不上，差一點在異世界自殺。不過，無論在哪個世界，為忍而死或許都是我的命運。

這部分暫且不提。

多虧斧乃木，我才能脫離困境（……仔細想想，要是斧乃木事前好好說明，或許可以更有效活用有限的見面時間吧？我忍不住這麼想，但這是沒辦法的，因為斧乃木想看我跪下的反應，我真的該慶幸她不是想看我自殺），但同時也造成公主大人賞賜的金玉良言（我受到的影響還在）草草了之。我想想，她剛才說了什麼？

「我走的路是正確的……換句話說，神原家的檜木浴室是突破點，我這個想法沒錯？」

「應該吧。不過她也說必須仰賴助力才行，獨力無法成事。」

嗯。

她的說法和忍野相反。

追根究柢，這個建議也和黑羽川要我「找搭檔」的說法相通……不過說到搭檔，我第一個想到的就是忍，忍卻對我說相同的話，我反倒覺得束手無策。

「這就是聽到心儀的女生對你說『趕快交個女友不就好了？沒有喜歡的女生嗎？』的心情吧。」

「所以為什麼從剛才動不動就拿小學生的戀愛事蹟舉例啊？」

「因為真宵小姐與忍都是那種感覺，我認為這一集的幼童成分不足。」

「不准多管閒事，妳一個人努力就好。」

假設黑羽川說的是忍，我也不可能和那麼高貴的公主大人共同行動。那股自身衝動比低等怪異危險得多。

忍說我是災害，是負面影響，但她或許認為自己正是這種存在才那麼說。

她擁有能夠獨力毀滅世界的力量，所以知道世界多麼脆弱。

「……只是，就算這樣，也不能再度回城詢問她真正的用意吧？」

「嗯。鬼哥的自殺點數已經快集滿了，在適度冷卻之前最好別見她。不過應該等不到適度冷卻吧。」

「自殺集點是怎樣？用這種日常生活的形容方式，也不會緩和氣氛的……不過現在確實不是等待適度冷卻的時候了。」

助力啊……

入侵神原家的時候，要是有人幫忙吸引神原的注意力，確實是最令我感謝的事。五分鐘就好，只要有人願意引開神原——引開雨魔，我就可以趁機調查檜木浴室，檢查是否能成為通往外界的路徑。

然而無須多說，要在這個異鄉尋求這種幫手是一大難題。

不只如此，在我知道的怪異中，雨魔的凶暴程度也是首屈一指。

普通人面對那種怪異，別說五分鐘，連一分鐘都阻止不了。即使要逃走，如果沒像那樣得到黑羽川的協助，大概也不可能成功吧。

公主大人的建議，我不知道可以照做到哪種程度，不過……我即使想仰賴助力，也完全想不到要從哪裡尋找助力。

不能要求神明參戰，所以我也不能依賴八九寺姊姊或朽繩大神……

「斧乃木小妹，怎麼樣，妳心裡有人選嗎？有誰能牽制雨魔嗎？」

「這個嘛，唔～～」

斧乃木雙手抱胸。

「破壞力與戰鬥力匹敵雨魔，又知道本次事件的細節，理解鬼哥的立場，也抱持共同的危機意識，因此具備出面解決事件的動機，當然要具備足夠的專業知識，還要擁有以防萬一的逃走手段……天底下有這種傢伙嗎？」

「就是妳啊！」

就是斧乃木。

021

後來我回到家（回程是以「例外較多之規則」一跳就到，真輕鬆），在不被老倉發現的狀況下鑽進雙層床的下層，斧乃木也在不被火憐與月火發現的狀況下回到妹妹們的房間。

剛才不禁以搞笑的方式處理，但「依賴斧乃木再度造訪神原家」這個點子，肯定和黑羽川或忍催促我做的事情完全不同吧。

雖然在另一邊的世界並肩作戰好幾次，也好幾次受到幫助，但斧乃木不適合稱為我的搭檔。因為她身為式神，有一位必須服侍的主人，更像搭檔的搭檔。

在我原本的世界觀，正在北極和白熊對打的暴力陰陽師。

我不知道她在這個世界正在做什麼（或許正在南極和企鵝對打。聽說企鵝挺厲害的），但若我無視於她，逕自和斧乃木搭檔，在道理上說不通。

而且在謁見忍的那時候，斧乃木就某方面來說已經和我站在同一陣線。忍如果想暗示我找斧乃木幫忙，不需要在那個場面重新建議我「應該尋求助力」。

她們說的究竟是誰……？我思考著這個問題，卻就這麼找不到答案，在這次真的入睡。如果醒來發現都只是一場夢就好了。我還微微希望是這樣的夢結局，但是這份期待落空告終。

「曆～～！天亮了天亮了～～！貪睡的懶惰蟲，給我起來啦～～！」

開朗撲向我叫我起床的老倉，使我覺得這果然不是夢，應該是我過於丟臉，稱心如意的妄想。

原來如此，這個世界的阿良良木每天早上不是被妹妹們叫醒，是被老倉叫醒……嚮往早上被兒時玩伴叫醒的我，居然在這裡實現願望。

而且和冷酷的妹妹不同，這裡的阿良良木高中畢業之後，似乎依然維持這個習慣。

「好了啦～～我要換衣服了，所以出去吧～～還是說，你想看我換衣服的樣子？啊～～曆原來是色狼啊～～不過是曆的話沒關係喔，你看。」

「別……別這樣啦，笨蛋，噁心。」

我說著匆忙走出房間。對自家人用「噁心」這個詞似乎有點重，老倉是這次悠哉企劃之中最吃虧的人，我真的不想看見她。

這是哪門子的另一面？

不過，當我回頭要關門的時候，老倉背對著我，雙手抱頭。

「我是這樣的人嗎……？」她這麼說。看來她也在質疑自己的言行。

這就是忍所說的，我帶來的負面影響。同住在一個屋簷下，同住在一個房間裡，數據上和我共度最長時間的老倉，受到的影響或許最強烈。

這麼一來，我真的得盡快行動。

雖然我看不下去，但是老倉正在幸福的家庭開朗快樂地生活，我不想毀掉她的人生。我至今毀掉老倉的人生三次，已經夠了。

「啊，哥哥，早安～～」

我下樓時，和火憐擦身而過。

火憐個子矮，我又是在樓上見到樓下的她，所以她看起來更小了。

她好像剛洗完澡，卻穿著外出服。今天她也是等等要出門嗎？

「嗯。今天要和小育出去玩！」

「這樣啊……總之，要陪她玩得開心喔。」

「這是怎樣？哥哥，你是小育的什麼人啊？」

火憐苦笑回應，但我看見這樣的她，也差點露出相同的苦笑。沒有啦，說來失禮，平常除了制服只穿運動服的火憐，即使改穿裙子也是她的自由。

這也是火憐的「裡側」嗎？

不拘小節的她，其實嚮往女生風格的打扮，這簡直是漫畫劇情……如果順利回到原本的世界，我就多對火憐好一點吧。我暗自發誓。

「再見。」

然後，我就這麼和火憐擦身而過，走下階梯。以火憐的狀況，即使外表與服裝改變，基本的個性沒變太多，應該認定她比老倉有救。

想到這裡就不禁想知道，老倉究竟壓抑多少情感，隱藏多少內面活到現在？

……那個傢伙，現在正在哪裡做什麼？她還好嗎？我不禁擔心起來。這麼說來，啟程前往其他城鎮的老倉，以及啟程前往海外的羽川，在這個世界為什麼待在這座城鎮，或許必須重新查個清楚。

如果只是「左右相反」，離開的她們就變成「反而」還在這裡。我原本是這麼猜想的，但是如果採用朽繩大神的「翻轉」論，或許不能只是這樣解釋。

究竟是「什麼東西」翻轉，導致黑羽川與同居人育待在這座城鎮……我一邊思考這個問題，一邊進入盥洗室。

我進入盥洗室是為了洗臉，當然也是為了檢查洗臉台的鏡子，不過月火光溜溜站在那裡。

這個家隨時有人光著身子嗎？

我究竟住在什麼家啊？

說來遺憾，和這裡是不是異世界無關，即使在原本的世界，我可能也應該抱持這個疑問……看來繼火憐之後，月火也準備晨浴。

「哎呀兄長大人，您今天過得好嗎？」

月火這樣問候，我一瞬間以為她也出現變化，但那個妹妹的另一面不可能這麼高雅，所以我能判斷她只是一如往常在胡鬧。

「一點都不好。」

「來幹麼？刷牙？」

「不，洗臉……」

我說著確認鏡子。由於角度比較斜，所以鏡子映著只穿一條內褲的月火，我不太能以嚴肅的心情檢視，總之只是一面普通的鏡子。

我在這裡想到老倉說的反射率。鏡子映出的月火裸體，和實際的月火裸體相比，確實絕對不是完全一致。

據說漫畫製作成電子書之後，墨水顏色會變得清晰，看起來比紙本書漂亮，大概是這種差異吧？

反射率。這個詞莫名令我在意。

不對，或許是由於出自老倉之口，我才基於偏袒的心態不禁這麼想吧。

基本上，這只是關於鏡子的雜學。

……她說普通鏡子的反射率大概百分之八十，那麼不普通的鏡子呢？也有反射率百分之百的鏡子嗎？

如果我是經由這種鏡子來到這個世界，這裡又會變得不一樣嗎……我之所以這麼想，或許是因為我認為這裡是不合邏輯，細節製作得不夠用心，完成度百分之八十的世界吧……

「哥哥，怎麼了？不是要洗臉嗎？如果哥哥不洗臉，我永遠不能洗澡耶？」

「為什麼？妳可以洗吧？反倒是妳先去洗澡，我才比較方便洗臉。」

「知道了知道了，不用講這麼明啦。哥哥希望可愛的妹妹幫忙洗臉對吧？既然這樣，那就準備吧。」

「既然怎樣？我當然是要自己洗吧？」

我一邊這麼說，一邊像是要擠開妹妹般，站在洗臉台前面。妹妹像是要表演雙人合體，雙手從我的肩膀上方繞過來。

「我就不行嗎……？」

「為什麼是少女漫畫的風格？而且我居然是演女主角？」

「加壓～～」

月火像是子泣爺爺這種妖怪，將全身的重量壓到我背上，就這麼架住我的雙手，一副像是要施展後橋背摔的樣子，但月火不是火憐，沒有格鬥技的造詣，不可能做出這種事，她維持這個姿勢轉動水龍頭。

她轉得很豪邁，所以水量不少。不愧是這個世界的居民，不像我會開錯水龍頭。

「來，臉臉洗乾淨喔〜〜」

月火說著，以雙手掬起適溫的水，潑到我臉上。明明是雙人合體的姿勢，她的動作卻意外細膩。

這傢伙在這方面真的很靈巧。

別人的手，應該說別人的手指碰觸我的臉，是一種奇怪的感覺。貼在頭蓋骨的皮肉反覆被捏啊捏的。唔〜〜……

「頭髮真礙事。剪掉吧？」

「妳沒資格這麼說。我們現在的模樣，從背後看的話應該和妖怪差不多。」

不用從背後看，也應該和妖怪差不多吧。

「唔，哥哥真礙事，我看不到香皂。哥哥，把香皂盒的香皂咬到我手上。」

「為什麼我非得被罵礙事，然後幫妳拿香皂？而且還要用嘴？」

我嘴裡這麼說，而且還用嘴咬香皂給她，我這個哥哥人真好。月火在手心打滿泡泡，將香皂放回我嘴裡。

不准把我的嘴當成香皂盒。

我吐出來的香皂掉到洗臉台。蓄積的水自然起泡，香皂水如同漩渦捲動。

「要閉上眼睛喔，不然可能失明。」

「就算是香皂，使用過當應該也可能會失明，但現在不過只是洗臉，用不著這樣警告吧？」

「不，我的意思是說，我也是第一次洗別人的臉，所以我的指甲可能插中哥哥的眼珠。」

「如果是這種警告，妳也太晚講了。」

「吃我的泡泡吧！」

月火在這麼吆喝的同時，將泡泡塗滿我的臉。明明是豪邁吆喝，雙手動作卻比剛才更溫柔。

我覺得這樣的第一次表現得不錯，但是月火好像對成果不太滿意。

「唔～～普普通通。」她說。「擅自借用小育的洗面乳吧～～」

「不，這可不行……咕噗，嗚噗！」

她真的讓我吃泡泡了。被妹妹洗臉的時候不應該說話。

畢竟我沒有被妹妹洗臉的經驗。

「好啦～～哎，今天差不多就這樣吧。給我洗把臉重新來過！」

月火說完，開始沖洗我臉上的泡泡。這段時間水沒有停過，所以我微微睜開眼睛，發現洗臉台已經蓄滿水，隨時都會溢出來。

可以的話，我想親手關上水龍頭，但月火封鎖我的雙手，我無法如願。不得已了，這次從咬香皂改成咬水龍頭吧。

我執行這個計畫。

「……咕噗？」

泡泡明明沖得差不多了，我卻發出這種聲音。真的嚇到差點嘴角冒泡。

我睜大雙眼。

正下方。洗臉台蓄積的水。

我關閉水龍頭，水面的漣漪因而平息，從我嘴裡掉落的香皂將蓄積的水變成香皂水，反射率相對增加。

換句話說，我正在被妹妹清洗的臉，以不完整的樣貌映在水面。

這張臉，咧嘴一笑。

022

這是什麼？究竟是怎麼回事？不是在鏡子，而是水面……我如此心想而睜大雙眼時，月火的指甲剛好插入我的眼睛。

每次都這樣，這丫頭總是在關鍵時刻闖禍。

「不是我的錯啦。我有好好注意啦。為什麼哥哥沒辦法聽我的話？」

她說完放棄幫我洗完臉，早早就逃進浴室。

我想效法妳的生活方式。

羡煞我也。

我再度看向洗臉台時，香皂水已經全被吸入排水口。雖然覺得失去了突然出現在眼前的線索，不過或許只是因為臉被洗得很舒服，所以水面映出我不知不覺綻放笑容的臉，所以我沮喪也無濟於事吧……

不免有種「月火妳這傢伙竟敢礙事」的心情，不過到頭來，如果月火沒說要幫我洗臉，我就看不見那幅光景，就當成兩相抵銷吧。

後來，我等火憐、月火與老倉出門，然後從妹妹房間拿出斧乃木，前往神原家。

白天有人在看，所以不是以「例外較多之規則」，是騎腳踏車移動。腳踏車雙載違反交通規則，不過斧乃木嚴格來說是人偶，只要當成布偶騎在我肩膀上，肯定能解決法律上的問題。

「……但我覺得騎肩膀這種行為，即使騎的是布偶也很奇特。」

斧乃木終究變成吐槽的一方，不過，我沒向小扇借雙載用的火箭筒，所以也沒辦法。

「鬼哥會讓各種角色騎肩膀對吧。現在沒騎過肩膀的還剩誰？」

「不准講得好像騎過肩膀的角色比較多。雖說有人騎過，但是包含妳也才四人左右。」

「我、忍、大妹，還有誰？」

我行使緘默權。

總之，斧乃木在這個世界觀是穿褲裝，所以沒發生多麼美妙的事，但她不愧是（？）能以手指支撐影縫的式神，平衡感相當卓越，完全不影響我騎車。話說她把我的頭髮當成龍頭來抓（我變得像是雙馬尾），感覺像是我被她操縱。

關於今天要在神原家怎麼行動，已經在昨晚討論完畢，目前沒有變更，但我姑且向她報告今天早上發生的事。

「喔，是喔。不過，既然水放掉就沒辦法了。畢竟聽起來沒什麼關係，應該不用在意吧……慢著，喂！」

斧乃木自我吐槽了。

「這是很重要的事情吧？通往異世界的門果然不在猿猴姊姊家，而是在我們家的盥洗室吧？」

「不准隨口說是『我們家』。」

「這句話，我會轉達給育姊姊喔。」

「別這樣。不准進一步逼死老倉……不過，真的只是一瞬間也可能是我看錯……我也沒能重現。甚至不知道起因是什麼。」

「確實，第一次是鏡子，第二次是水鏡……雖然場所相同，意義卻不同。共通點就是鬼哥正在洗臉？或許鬼哥洗臉就是鏡面成為異世界的條件。」

「這是哪門子的條件？如果這個條件就行，我洗澡的時候也會洗臉啊……而且無論如何，鏡子裡的我在笑，或是沒跟我做相同的動作，這都不太重要。如果以回到原本世界為目標，就得映出忍或是能夠和忍聯絡的傢伙。」

「嗯，說得也是。這麼一來，今天的任務果然重要。」

「嗯，可以的話，我想在今天完成。多拖一天真的不是我願意的。畢竟我剛才也稍微提到，老倉已經開始出現負面影響了。」

「…………」

嗯？

為什麼這時候不說話？

她突然不說話，我會以為惹她生氣而緊張兮兮……哎，我錯過早上在盥洗室的機會，被她唸一頓也在所難免吧？

「鬼哥，其實這次的異狀，有一個簡單的解決之道，你察覺了嗎？」

「簡單的解決之道？」

「嗯。超簡單的超解決之道。」

「……『超簡單』就算了，『超解決之道』聽起來有點恐怖。」

從她的說法，可以猜想會是「死掉就能解脫」這種方法。但她既然說有解決之道，我就不能不問個明白。

我以「就算聽妳說這種方法，我也不會被嚇到喔」的平靜態度，問她究竟是什麼方法。

「這是一種哥本哈根詮釋。」

「哥本哈根詮釋？講得好深奧……是什麼來著？量子力學吧？」

無法完全掌握現在，所以不可能準確預測未來……在這個狀況，這個論點和我有什麼關係？

「吐槽一下好嗎？要糾正說應該是『哥白尼式轉變』。」

「誰知道啊！不准拿這麼像的詞講錯！」

「但我認為『哥白尼式轉變』和『哥本哈根詮釋』沒那麼像……」

斧乃木自己講錯，卻像這樣責備我。不提這個。

「這是一種哥白尼式轉變。」她回到正題。「鬼哥放棄回到原本的世界，下定決心在這個世界終老一生就行了。」

「原來如此！原來有這個方法！斧乃木小妹，妳真聰明，這樣就不必試著入侵神原家的浴室，我們現在就去哈根達斯吧，想吃多少都算我請客……慢著，喂！」

雖然不太習慣，但我也試著自我吐槽一下。

「日本已經沒有哈根達斯直營店了。」

斧乃木這麼回應。

真的假的？不只是單一世界這樣嗎……不對，這不是重點。

「這為什麼是解決之道？沒有啦，就算當成超解決之道，也沒解決任何問題吧？要是我繼續待在這個世界……」

「這是因為鬼哥想回去，也就是鬼哥不想適應這個世界。就像是轉學生一直講方言炫耀家鄉，持續破壞班上的和諧氣氛。」

「這是什麼比喻？感覺好差。」

「真要說的話，我是主動對班上這個邊緣人搭話的好心女主角。」

「原來這是那個小學生戀愛喜劇比喻的後續嗎……」

「只要鬼哥放棄努力，對這個世界打開心房，世界受到鬼哥這種影響，承受這份壓力，或許就可以復原吧？就我們看來是復原，嚴格來說應該算是折衷……不過，如果以基本的表決方式決定，我們的影響力應該不會輸給鬼哥。」

「…………」

看來她不是搞笑，是認真提議。如果放棄主觀來思考，或許斧乃木說的確實沒錯。

只要我死心，放棄回歸，下定決心活在這個世界……該怎麼說，如果學斧乃木打比方，就是遭遇海難漂流到其他國家，下定決心在當地活下去的感覺？

「我認為這提議不差喔。不只是為了維持這個世界的平衡，也是為了鬼哥。因為，或許鬼哥沒察覺，不過你只要沒有回去的意思，就沒有生命危險耶？」

斧乃木現在總是以死板語氣說話，聽起來沒有強硬說服的意思，卻說出這種慫恿的話語。

「不接近神原家，猿猴姊姊好像就不會主動襲擊。只要鬼哥改變主意，明天起就可以和育姊姊過著甜蜜恩愛的生活。」

「不准把這個說成主要目的。不准講得像是我為了和老倉甜蜜恩愛，才下定決心留在這個世界……呼。」

這個方案或許可以考慮。終於束手無策的時候，這麼做也是情非得已。不過，這始終只是排除主觀才會這麼想，目前這個方案不值得檢討。雖然對不起為我想方法的斧乃木，但是我在那邊的世界留下太多東西，不能待在這邊的世界終老一生。

只要有希望，我就會追求。即使得讓生命暴露在危險之中。

「鬼哥，我也正在讓生命暴露在危險之中喔。」

「這……這是因為……」

「沒關係啦，反正我已經死了，我只是問問，只是想問一下。而且這個方案也不是沒有漏洞。」斧乃木說。「就算鬼哥就這樣坐穩現在的位置，也不保證正牌的阿良良木曆何時會出現。」

「『正牌』……哎，對你們來說或許是正牌，但是別把我說得像是冒牌。」

「同一人存在兩人的分身現象，某方面來說也會讓世界不穩吧……不知道阿良良木曆跑去哪裡了。果然和鬼哥互換，前往那邊的世界了嗎？」

「…………」

若是這樣，很可能正如我的擔憂，那邊的世界會有兩個忍野扇。但這是假設這邊世界的阿良良木曆是忍野扇的外型。

不過，這麼想就覺得可以解釋我為什麼和老倉同房。再怎麼像是一家人，按照常理也不會讓高中生男女同房生活。

除了專家斧乃木，最讓「我」覺得不對勁的就是老倉，原因或許在於阿良良木曆和阿良良木曆的性別不同……我都已經有女友了，和老倉那麼親近終究很奇怪吧？

「唔～～……」

希望另一邊的世界不要上演兩個小扇相互廝殺的無意義場面，但那個女生畢竟像是自我否定的聚合物。

這麼一來，我或許得知道戰場原黑儀在這個世界觀和我的關係。不對，等到今天接下來的任務失敗再擔心這種事。

先專心面對雨魔——迴避雨魔吧。

這時候沒說「除掉」有點軟弱，但是猴掌就算了，我總不能除掉神原駿河這個人，所以抱持這種程度的志氣應該恰到好處吧。就在我想到這裡的時候，斧乃木說著指向前方。

「到了。」

朝她手指的方向看去，是一片破碎的圍牆。

這是昨天神原飛簷走壁的結果，不過雖說這裡是不必符合邏輯的世界觀，被破壞的東西似乎也不會自行修復。更遠處的神原家大門當然也維持粉碎的樣貌。

「那麼，再來就按照計畫，我會適度爭取時間，鬼哥在宅邸裡慢慢搜索吧。不然泡個澡也不錯。」

「我精神上哪可能這麼從容？」

「不過，時間上很從容。以我的能耐別說五分鐘，可以爭取五小時。」

泡澡這麼久，我會泡昏頭的。

我原本想這樣回應，但是做不到。因為我看到一件雨衣從破碎的圍牆後面，也就是從神原家的境內，揚起塵土筆直衝向這裡。

明明直到剛才還在那麼遠的位置，現在卻這麼近了……昨天我一直詫異一件事，明明應該沒那麼必要，她追我的時候為什麼要跑在牆壁上？不過當我看到她從非常氣派，從曾經氣派的日式庭園跑過來的時候，我懂了。看到一邊踏裂地面一邊跑過來的她，我就懂了。

既然會破壞，與其破壞地面，當然是先破壞牆壁吧。

這麼一來，她應該沒有完全失去理性與判斷力，但我無暇想這種事了。

「鬼哥，就這樣往前。『例外較多之規則』。」

斧乃木跳下我的肩膀，指著粉碎牆壁的手指就這麼在同一時間膨脹，變質成為破壞力，朝著直衝而來的神原駿河要和她對撞。

以她手指的破壞力破壞神原的腳——我之所以讓斧乃木騎肩膀，也是為了讓她空出雙手。就這樣，猿猴和屍體的戰鬥開始了。

023

你死我活的戰鬥開打，我則是悄悄從旁邊溜過去，入侵神原家的任務第一階段成功。雨魔當然想追殺我，但斧乃木漂亮擋住去路。

成為那種形態之後，應該沒問題了吧。她說爭取五小時終究是吹牛吧，不過只要專注防守，斧乃木不會比雨魔遜色。

唯一擔心的，就是斧乃木不小心打贏雨魔，也就是不小心除掉雨魔的狀況，但是不提我原本世界的斧乃木，這個世界的斧乃木似乎能控制下手的輕重，只要沒發生太大的意外，應該不會變成這種進展。

換個說法，如果發生太大的意外，就會變成這種進展。而且即使雨魔快要被殺，我也沒有立場禁止斧乃木給予致命一擊，這麼一來我還是不能慢慢來，得趕快調查檜木浴室才行。

明明這麼想，我卻迷路了。神原家真的太大了，而且我忘記左右相反。庭院方向傳來像是進行大工程的聲音，我聽著這樣的聲音東奔西跑（西奔東跑？）到最後，終於找到目的地檜木浴室。

「呼……」

我稍做休息。

我在北白蛇神社境內靈機一動想到可以來這裡，結果花了大約十小時才實際抵達……總覺得像是已經大功告成，但我其實什麼事都還沒做。

至今就像是在馬拉松起跑之前到處打聽長跑訣竅，現在終於聽到比賽槍響。

……這麼說來，我沒見到和神原同居的爺爺奶奶……我姑且鎖定他們可能出門的時間過來，大概是奏效了？總之，只要沒雨魔，遇見他們也不會怎麼樣，不過如果可以不用見到他們當然比較好。

在這個時間點，我正在從比我房間還大的更衣間拉開木門，進入淋浴區。幸好浴缸已經放滿水。

這麼大的浴室，如果要從頭放熱水，十五分或三十分應該不夠，所以這次算走運。那個雨魔也和火憐與月火一樣會晨浴？

這麼想就覺得我好像在偷看學妹泡過的洗澡水，莫名地悖德……總之事不宜遲，我從光線可以完全反射的傾斜角度，觀察浴缸的水面。

「…………」

像這樣達成目的之後，我重新覺得這麼做荒唐透頂……應該說不得不質疑自己的行動……連斧乃木都被波及，我究竟在搞什麼？我無法壓抑內心這種心情。

畢竟水面理所當然般，沒照出任何東西。

真要說的話，只照出浴室的天花板。這我要怎麼向斧乃木報告？

我原本就是死馬當活馬醫，也算是當成最後一根稻草來抓，不過以失敗收場就覺得「我為什麼要抓稻草」。我當自己是童話裡的稻草富翁嗎？

我試著在水面打出水花，也只有漣漪逐漸擴散。像這樣玩水的時候，我思考該怎麼對斧乃木說明才不會被嘲笑，思緒逐漸切換。

「啊啊……」

此時，我想起來了。我想起上次來這裡時，聽神原說明的正確內容。是的，浴缸水面映出將來結婚的對象，是在泡澡的時候。

雖然細節可能有錯，不過穿著衣服從淋浴區觀察，或許會被判定是和傳承不同的狀況。唔～～……

俗話說「吃到毒就連盤子一起吃下肚」，我已經吃掉盤子，乾脆連刀叉……不對，甚至餐桌也應該一起吃掉？（註9）

事到如今不能空手而返……不，這麼做或許還是會空手而返，就算這麼說，也完全不能以此為藉口不肯盡力而為吧。

明明絕對有風險，收穫也不算好，但是斧乃木正在為了我而對抗凶暴的怪異——雨魔，為了這樣的她，我也必須要脫衣服！

泡個澡吧！

註9　一不做二不休的意思。

幸好我剛才把手伸進去，水還是溫的。還沒有跑很遠，更正，還不需要追加柴火。

我回到脫衣間，迅速脫光，回到浴室。在別人家全裸還是覺得不自在，不過即使應該盡快行事，還是得遵守禮節才行。應該先把身體洗乾淨再進浴缸。

不，說到禮節，我擅闖別人家的浴室，就是最失禮的行為吧。

豎耳聆聽，不時傳來頗為響亮的破壞聲。看來還在交戰。既然斧乃木正在戰鬥，我也不能投降，所以我繼續進行洗身體的戰鬥，淋浴沖掉泡泡，準備完畢。

就這樣，我進入檜木浴池。

入浴。

呼，好舒服……個頭。

從結論來說，我脫光入浴，並且調整角度觀察水面，依然沒任何變化。老實說，我滿腦子只有「想必如此」的感想。

嗯。

天底下沒這麼順心如意的事。

我為什麼認為這是妙計？好丟臉。只覺得我腦袋有問題。好啦，想想其他的方法吧。果然還是先尋找肯定位於這個世界的另一個「阿良良木曆」嗎？

我想應該是小扇，如果不是小扇的話……

烏鴉過水也不能太快，但我脖子以下浸入熱水還沒數到一百，就等不及想要起身。

就在這個時候，浴室的木門打開了。

不會吧，難道雨魔打倒斧乃木，追著我出現在這裡？

但是，不可能會這樣。

我相信斧乃木不會這麼輕易敗北，更重要的是，處於雨魔狀態的神原駿河，不可能理性地規矩開門。

如同外門那樣，對於惡魔來說，門不是用來開的，是用來破壞的。

事實上，站在門後的不是神原駿河，不是雨魔。雖然這麼說，卻也不是不小心打倒她的斧乃木，更不是其實沒出門的神原爺爺奶奶。

我講得這麼拐彎抹角，也不是因為接下來要迎接意外的結局。

因為，我完全不認識這個人。

首次見面的某人，光溜溜站在那裡。

我沒見過的某人，以我沒見過的裸體，站在那裡。

「唔？你是誰？」

這個人毫不遮掩自己一絲不掛的胴體，如此詢問。

明明單手拿著毛巾，卻就這麼把毛巾掛在肩上，不慌不忙。

這個光溜溜的人，詢問光溜溜的我是什麼人。

「哼……問別人名字之前，應該先報上自己的名字。」

相對的，我內心慌得不得了，拚命遮掩身體。雖然一絲不掛必死無疑，我依然強自己所難，毫不保留全心全力像這樣拚命虛張聲勢。

對方站在門口，如果我沒推開對方，我就無法離開浴室，無法逃離。在這種狀況，我總不能自報姓名，頂多只能反問對方姓名。但是這個人爽快回答了。

「我是臥煙遠江。」

她說。

「所以，你是誰啊？這次再不回答，我就讓你歸西喔。」

024

臥煙遠江。

這個姓名已經出現很多次，但我沒想到她居然會登場，所以沒有好好介紹。

她是神原駿河的母親。

是臥煙伊豆湖的姊姊。

是將「猴掌」遺留給神原駿河的人物，也是無所不知的臥煙伊豆湖在這個世界唯一敬畏的人物。

而且，是已故的人物。

故人……是的，她應該和自己的伴侶，也就是神原家的長子出車禍喪生……那她為什麼在這裡？

為什麼現在正在和我一起泡澡？

「哎呀～～抱歉抱歉，抱歉嚇到你了。我沒想到你是駿河的學長，既然這樣早說不就好了？」

遠江說完，不拘小節地豪邁一笑。說到不拘小節，這個人到現在還是沒遮掩身體……

胸部被我看光光了。

走不出浴室的我，順其自然再度泡進浴缸。我脖子以下都泡進水裡，盡量藏起身體，和遠江成為對比。

要說我不像男人就說吧。

我對自己的裸體沒自信。

「你叫做阿良良木是吧？駿河那傢伙在學校怎麼樣？反正那傢伙是笨蛋，所以老是在胡鬧吧？」

「呃，嗯……」

不是在學校，她現在就在庭園進行像是胡鬧的戰鬥……遠江不知道嗎？

這個世界居民不合邏輯的作風，我覺得事到如今也不用多說。不過，居然和學妹母親一起洗澡，我的心理建設沒有穩固到迎接這種體驗，所以混亂至極。

話說，神原的母親會不會太年輕啊？

判斷別人年齡時意外重要的因素「衣服」不存在，我在這種狀況沒辦法斷言什麼……不過，她幾歲？記得我某個時候聽過，她比臥煙小姐大五、六歲……？

只從她光溜溜沒化妝的狀態判斷，實在看不出是這個年紀。不過，臥煙小姐也是看起來一點都不像三十多歲的娃娃臉，妳妳或許也不例外……到頭來，不管是否裸體，我都非常不擅長看透女性的年齡。

或許，如同我原本世界的八九寺真宵，她維持車禍喪生的外型至今。如果面前的遠江是幽靈，大概也可能是這麼回事……

可惡，腦袋沒有好好運轉。思緒連接不上。

裸女當前，任何人應該都是這樣吧，但我現在明明不能講這種話才對。

「…………」

總之，就像是考試時要從會寫的題目開始寫，我從看起來比較好懂的部分著手解題。首先要確認這個人真的是神原的母親——臥煙遠江。

在這種不合邏輯的世界觀很難確定個人身分，基本上只能相信對方的自白。

總之……

要說像……算是很像？

像臥煙小姐，也像神原。

雖然豪放磊落的態度和她們截然不同，但是體型和她們相近，嬌小細瘦。

真要說的話，比較像臥煙小姐？從基因層面來看，姊妹當然比較像，但她看起來意志堅定的雙眼或眉毛，我覺得神原是得到她的遺傳。

「怎麼啦，你真了不起，這麼光明正大注視？你對女人飢渴到什麼程度？」

「咦？不……不是，您誤會了，我是在看臉。」

遠江似乎誤會我的視線（這是誤會），終究講出這種話，我連忙解釋。

「是在看您的臉。我……我覺得很像神原。」

「是喔？駿河像我啊……咯咯，原來如此，駿河的胸部也這麼大了嗎？」

「啊，不，就說是臉了……」

我可沒看過神原的胸部。

勉強算是沒看過。

……嗯？

咦，剛才的對話好像怪怪的……聽起來像是她不知道神原胸部變大？

「…………」

「唔～～哈哈。是否知道一點都不重要喔，阿良良木小弟。」

大概是捕捉到我內心的疑問，遠江小姐這麼說。和妹妹臥煙小姐的價值觀完全不同。

與其說價值觀不同，不如說她過於隨和……明明妹妹說自己「無所不知」，姊姊卻說「一點都不重要」，搞砸了很多東西。

話說我逐漸想起來了，我聽臥煙小姐描述的姊姊，和這個人差很多耶……？

記得她是自我批判精神非常強烈又清心寡慾的人……但目前絲毫看不出來。

感覺是一位親切的母親。不，即使是親切的母親，一般來說也不會和女兒的學長一起洗澡。

只不過，如果不是這樣，非法入侵的我難免會被扭送警局，所以這時候也不能嚴厲批評「您很奇怪」。

哎，親人的評價和外界的評價，本來就可能不一樣。而且回想起來，臥煙也會說我堅忍克己，說我和姊姊一樣，講得完全和事實不符。

那個人明明無所不知，卻或許意外沒有看人的眼光。

「不不不，我是結婚之後才變得這麼隨和。總歸來說，就是有了男人之後就變了，如此而已。」

遠江似乎又捕捉到我內心的疑問，搶先這麼回答。

慢著，喂，這終究捕捉過頭了吧？

我終究沒有問得這麼深入的意思……難道是寫在臉上？那我的臉真健談。

「哎，雖說隨和，卻也沒這次企劃這麼悠哉，所以請見諒喔。長大成人會經歷各種事。如果有人說我從以前一點都沒變，我或許會高興，可惜沒這回事。」

「是喔……咦？」

悠哉的企劃？

這是我打趣對八九寺姊姊說的話，遠江不可能知道才對……怎麼回事？

即使我們正如字面所述裸裎相對，內心想法會這麼好透視嗎？但我明明完全猜不透遠江的想法啊？

這個人是會讀心的妖怪「覺」嗎？

「您……知道什麼？」

「就說了，是否知道一點都不重要喔。重要的是能否理解。無論是否知道，如果沒能活用這個知識就是暴殄天物，而且有些事情正因為似懂非懂，才容易以知覺來理解。」

遠江咧嘴一笑。

撥起溼透的頭髮。

「因為你想想，就算是不知道的事情，只要看過就大致知道吧？」

「…………」

這是超級天才的特質。

原本以為她和忍野，或是果然和妹妹臥煙小姐屬於同類，但是聽她的論點就知道完全不一樣……換句話說，她進入浴室的時候什麼都不知道，但是在觀察我的反應與言行的過程中，我明明沒說什麼，她卻大致猜到我身處的現狀？

不，我不懂。

想到這裡，就覺得或許是我高估了……或許她單純是將現在一起洗澡的行為形容成悠哉企劃。確實，說到悠哉，這麼悠哉的溫泉體驗報告也很少見。

「在我那個世代啊，推理劇場演到折返點的時候，絕對會有溫泉冒蒸氣的橋段。咯咯咯，現在這種畫面已經被管制，很難在電視上看到露兩點。」

「露兩點……不，那個……」

話題似乎快歪掉，我努力試著修正軌道。不，現在重要的是如何突破這個狀況。該突破的是我的推理思維。

……不對，等一下？

她是臥煙的姊姊，也是將「猴掌」留給神原的人，即使不是專家，肯定也是怪異領域的高人……更正，是鬼才。

我不知道在這邊的世界觀如何，但在另一邊的世界，我經常遭遇被這個人影響的事物。小扇的誕生明顯是我的責任，但是事實上，這個人果然也涉入其中。

那麼……雖然我不知道這個人為什麼在這裡（即使遠江是神原的母親，卻和神原家槓上，肯定不被允許踏進這個家門一步），但是能夠像這樣見面，我應該不能放過這個機會吧？

在水面尋求通話管道的點子逐漸落空，但是既然經由這個失敗遇見遠江，那麼或許可以將「死馬當活馬醫」轉變為「結果好一切都好」……

「嗯？怎麼啦，又盯著我瞧？」

遠江再度對我的視線——對我品頭論足般的視線敏感起反應，一副情非得已般將雙手放在後腦杓。

「知道了知道了，等等到我房間，我就和你上一次吧。小心點，別讓駿河知道喔。」

「不是啦！」

既然要我小心，那就別這麼做啊！

看來她並不是看見任何事物都能理解。不，或許只是開玩笑，若是這樣，她的嗜好真的很差。

她是怎樣的人啊？

這應該和我原本所在世界的臥煙遠江不同吧……總之這麼一來，這個世界可能是我在做夢或是妄想的說法完全不成立了。

活潑的千石或嘻笑的老倉，若說是我內心深處許願想看的光景，我無法強烈否認，但是我這個人再怎麼樣，也不會想和學妹的母親一起洗澡。

這是哪門子的潛意識？

「哈哈……總覺得事情變有趣了，這是最好的。哎，年紀大會發生很多事，同樣的，年輕時也會發生很多事吧，所以青少年，加油啊。」

「就算您給我這種籠統的建議……」

「怎麼啦，想要建議？哎，我想也是吧。不過阿良良木小弟，我這個人不是當別人導師的料。」

「……………？」

「我是基於各種意義這麼說的……不過考慮到你的狀況，想到你為駿河做過的事，我並不是不想幫你，不過你明明沒拜託，要是我插手太深也不大好。」

總覺得她雖然為人豪爽，話卻講得很模糊。我該怎麼解釋？她說我為神原做過的事……是在這個世界的事？還是在原本世界的事？

我不知道答案，也不知道是否可以知道答案。雖然想接連提問，但是考慮到我對這個世界造成的負面影響，就不敢貿然發問。

只是以這個人的狀況，即使不積極，卻也主動從我的樣子看透隱情，如果我不想影響到她，最好的做法是趕快離開浴室，和斧乃木一起撤退。

只不過，如果要直接逃走，換句話說就是光溜溜逃走，連毛巾都沒帶的我，無論如何都會被遠江看見屁股。

我會害羞！

即使不提羞恥心，對備受照顧的學妹母親露屁股太沒禮貌，我不能這麼做。

她可以先出去嗎……我如此期待，但遠江把毛巾放在頭上，一副要泡很久的樣子。

我也想和她一樣落落大方。

「…………」

「剛才聊到知不知道的話題……不過阿良良木小弟，事情沒那麼單純吧？」

「呃，啊？」

我保持沉默沒多久，她主動搭話了。即使我不提問，要是她主動搭話，就是相同的結果，所以在沒有決定方針的現在，我不知道該如何反應。

不過，遠江真的像是將我的迷惘當成「一點都不重要」，繼續說下去。

「『知道』與『不知道』絕對不是二元論。我妹排除『不知道』，追求『知道』；你的朋友羽川將『知道』與『不知道』當成自己的雙輪，但她們兩人都漏掉一件重要的事。也就是說在知識之中，許多知識是『錯誤的認知』。自以為知道卻有所誤解。所以凡事最重要的是理解。」

「……您認識羽川？」

是這個世界的黑羽川？還是我所認識，從日本起飛的羽川翼？

她沒提到標榜「一無所知」的小扇，是因為她「不知道」？還是……不行，我愈想愈疑惑。

並不是因為在泡澡，但我頭快昏了。

「不能說我知道。我只是稍微理解。阿良良木小弟，你認為呢？你認為自己理解朋友到什麼程度……啟程前往海外的那個朋友，你其實完全沒試著知道她內心的想法吧？」

「…………」

既然出現「海外」這個詞，就只可能是我認識的羽川。我確信了。進入浴室的時間點還一無所知的這個人，如今完全掌握我的隱情。

我不知道她是從什麼時候開始試探，觀察我的反應……但我遠遠比不上她。這麼一來，胡亂客氣只會造成反效果吧。我反而進入看開的境地，決定放棄隱藏。這裡說的「隱藏」當然不是身體，是內心。如今就算招出一切，遠江應該也不會驚訝吧。

我詳細說明現在為什麼泡在檜木浴缸，說明自己進退兩難的處境。如同先前「改變」斧乃木，我可能也會對這個人造成影響，我可沒忘記這一點，卻覺得這種事沒什麼關係。

雖然只是直覺，但她這個人不會受到我的影響。

不會在我的影響之下，真要說的話是在我的影響之上。

應該是我會被她吞噬。

「是喔……你相信這種占卜來到這裡啊，簡直是純情少女耶。」

遠江聽完，像是覺得很好笑般點頭。

「我教過的孩子也有這種人喔。喜歡占卜、喜歡咒術……不過，你最好放棄這個計畫。這個浴缸……」

噗啪。

遠江以手心拍打水面。

「只是普通的浴缸。假設水面映出什麼東西，也是當事人心情的問題。」

「可是……」

嗯。

我早就知道了。

即使如此，我先前是在提到臥煙遠江的時候得知這個傳說，所以抱持著姑且一試的想法，不過重新聽當事人這麼說，就覺得自己的行徑更顯荒唐。

「不不不，這沒什麼好害羞的。抱歉，我好像讓你有所期待了。」

遠江這麼說，但想到我至今一時衝動的行徑，想到為此讓斧乃木戰鬥，我還是難以拭去丟臉的感覺。

而且我現在是裸體。

不可能不害羞。

「我妹或忍野好像說了我很多事蹟，不過傳說這種東西，真正見面就是這麼回事喔。比方說調查偉人的經歷，會發現出乎意料醜聞滿身，比這個人偉大的人多得是。抱歉啦，我只是這種平凡的阿姨。」

她講得直截了當。不過說得出這種話，令我覺得她果然非同小可。

這下子該怎麼辦？

遠江剛開始就明講不會涉入，所以我不認為招出一切就可以獲得她的建議。即使如此，我說完之後還是認為，對遠江說出一切是必經程序。

至今感覺都是為了讓對方理解而說明詳情，但是只有這次，我覺得是在為我自己整理思緒。

「總之，我幾乎沒什麼能說的。」

遠江果然是這種反應。

「不過，聽你說這麼多卻什麼都不做，還是太無情了。好，阿良良木小弟，我來幫你洗背吧。」

她說完站了起來。

嘩啦啦站了起來。

我在各方面備感害羞，相對的，遠江依然絲毫不害臊，就這麼走到淋浴區。

「來，快點。能讓臥煙家的人洗背，這種機會很難得喔～～」

不只是臥煙家，我覺得讓任何人洗背的機會都很難得。

「呃，不，不用了，我身體洗好了。」

臥煙早早就開始在毛巾打香皂泡，但我如此婉拒。

「沒關係沒關係！」

即使如此，遠江還是以不容分說的語氣這麼說。

「背部沒有好好洗乾淨吧？不過，我不敢說一切交給我就是了。因為我甚至沒幫老公洗過背。」

「伯母，這麼重大的事情，不可以對初次見面的人做喔。」

「又不是初次見面。」

遠江隨口這麼說。

「我的『左手』見過你吧？」

「…………」

「阿良良木小弟，你還沒聽過這件事吧？我為什麼把可以實現願望的『猴掌』留給女兒……留給駿河，你應該想知道吧？」

025

對喔。

鏡子是「左右相反」，是「前後相反」，是「翻轉」。無論如何形容，結果應該都一樣的，不過像這樣看就覺得果然是「隔著玻璃」。

在淋浴區，榮幸讓遠江洗背的我，坐在椅子看著正前方的鏡子這麼想。哎，即使聽過名字也幾乎是陌生人的遠江為我洗背，使我緊張到只能注視鏡子，我才會察覺這一點。

比方說，即使將手心按在鏡子上，假裝和鏡子裡的自己擊掌，仔細看還是會發現手與手之間有縫隙，也就是鏡子的厚度。

無法相觸。

照出我身影的是鏡面，然而鏡面是玻璃的另一側。硬要說的話，鏡像是映在「鏡子的裡側」。

那麼，應該認定鏡子的本質只在於銀膜塗層，除此之外只是一片透明玻璃。既然這樣，究竟是在照鏡子？在看玻璃？還是果然在看「自己」？難以理解……我們面向鏡子的時候，看見的東西究竟是什麼？

光線反射嗎……

仔細思索這個問題，應該也無法突破現狀，不過總之協助我逃避現實了。

「真結實的背，不愧是男生。」

「不，我不知道自己的背是什麼樣子……而且以我的狀況，我鍛鍊身體的訣竅在於曾經化為吸血鬼……」

「吸血鬼？啊啊，你剛才說過。真方便的健身法耶。像我為了維持現在的身材，不知道吃了多少苦頭……」

遠江一邊說，一邊以毛巾洗我的背。與其說是洗背，感覺更像是削背。

真的是毛巾嗎？不是棕刷之類的？

真是的，這是什麼世界觀啊……清晨由自己的妹妹幫我洗臉，白天由學妹的母親幫我洗背……晚上會由誰幫我洗哪裡？

依照直覺，老倉育是危險人選……這樣的話，我希望盡量在入夜之前解決這個事件。

老倉育由我來保護！

……不過攻擊的人也是我。

「像這樣洗背，總覺得自己像是抓癢棒，不過阿良良木小弟，記得你想問的是『猴掌』的事吧？」

「啊，嗯。」

差點忘了，我就是為此而甘願處於這種神祕的狀況。

不過這麼一來，我還想問一件事。

我讓遠江洗背，是想聽她說明「猴掌」，說明對我們來說很關鍵的物品。這就算了，為什麼她不惜提出這種像是交易的條件也要幫我洗背？

如果相信剛才那番話，她該不會喜歡洗青少年的背吧……我至今和少女八九寺、幼女忍、女童斧乃木玩得不亦樂乎，但我現在體認到自己的年齡依照法律分類也還是少年。

「是的……我講這種話好像有點重，不過就我看來……從我的價值觀與世界觀看來，您留下那隻『猴掌』，我不知道對神原來說是不是好事。」

不，不只是在我的世界觀。

無論是基於何種原委，或者沒基於任何原委，即使在這個世界觀，我也覺得神原化為雨魔是「猴掌」害的……

「沒有喔，我不是基於明確的意圖留那個東西給她。不是認為幫得上女兒，反過來說，也不是想整女兒……我自認是這樣喔。那邊的我也一樣。」

「…………」

這說法很微妙。

現在位於這裡的遠江是生是死，我難以斷言。

但我確定一件事。位於我正前方，嵌在神原家浴室牆壁的鏡子，成為契機讓我思考「厚度」這個問題的這面鏡子，映在鏡子裡的人只有我。

我的背後，沒有遠江的身影。鏡子沒映出遠江的裸體。

無預警揭曉的這個事實，我究竟該如何解釋？

昔日和妹妹一起洗澡的時候，我們曾經互相洗頭髮，當時沒映在鏡子裡的是我，我因而得知自己吸血鬼化的進度超出容許範圍……既然遠江也像這樣沒映在鏡子裡，那她是吸血鬼嗎？

不不不，沒這回事。

這個世界觀沒有「吸血鬼」。「鏡子裡」是這一邊。

換句話說，要反過來解釋。

就我來看是原本世界，就這邊來看是另一側世界的那個世界已經沒有遠江，才會造成這個結果。也就是說，那邊世界的臥煙遠江死了，這邊世界的臥煙遠江活著？

或許，遠江是只存在於鏡子裡的幽靈。這種鬼故事絕對存在。

總之，把對方當成幽靈，我心情反而輕鬆。比起真實存在的學妹母親為我洗背輕鬆多了。

「如你所知，成為『猴掌』根源的雨魔，真面目是我的分身，我的裡側。而且會攻擊我自己。臥煙家代代都是這樣的家系，是製造怪物的專家。」

「製造……怪物……」

「我那個不肖妹妹和同伴聯手製作了一具屍體怪異，你應該知道吧？那也可以說是一種衍生型。那個傢伙應該會否認吧，但是臥煙家的才能，果然還是妹妹繼承得比較多。不過那傢伙好像基於各種原因，選擇了斬妖除魔之路。在兩邊都是如此。」

遠江說。

既然「在兩邊都是如此」，那麼這邊的臥煙也是除妖專家的總管嗎？

我感覺鬆了口氣……應該說我覺得找到兩邊世界極少數的共通點。不過想到臥煙選擇這條路的原委，就不能單純說這是一段佳話吧。

「重點在於如何面對自己的另一面。雖說是『裡面』，但我認為不能背對。要怎麼看見自己的背部？」

遠江說到這裡，更用力刷我的背。不知何時沒用毛巾，而是直接用手洗。

動作當然不像月火溫柔，感覺像是被指甲抓背。

是要在我的背上刻字嗎？

「背部……如果要看背部，除非脖子很長，不然就得用鏡子吧。」

「沒錯。到頭來，鏡子是用來從各種角度面對自己的裝置。對我來說，雨魔是我的鏡子。」

「……可是，記得您不是以取名的方式除掉了嗎？別說面對，您不是除掉雨魔了嗎……」

「雖說駿河被神原家收養，但她無疑繼承臥煙家的血統，總有一天也會像我或我妹一樣面對自己吧。或許我想過要助她一臂之力。『左手』終究只不過是雨魔的一部分，沒用處就會自我毀滅。」

「這麼說來……忘記是什麼時候，忍野——忍野咩咩好奇一件事，雨魔的其他部位跑去哪裡了？神原繼承的部位，那個……至少在我的世界，她只繼承了左手。」

「分散在各處喔。因為只要分散就安全。只不過，湊齊的話可能很危險。畢竟是我的分身。」

「……請不要隨口講這種恐怖的事情。」

「不不不，雖然這麼說，但已經是木乃伊，講白了就是怪異的屍體。無法成毒也無法成藥的普通屍體。我想幾乎不用在意了，但如果找到的話麻煩處理掉。俗話說父母的債由子女還，但是子女沒有父母也能長大……駿河那邊也是，麻煩找機會幫我轉達接下來這段話吧。那種東西不需要小心翼翼地珍藏——到頭來，我想對妳說的只有一件事，不要變成我這樣。」

「……這實在難以轉達耶。這不是母親會對女兒說的話。」

「哎呀哎呀，阿良良木小弟，十八歲的小男生沒資格談論母親喔。你究竟知道多少為人母的道理？」

聽她打趣這麼問，我無從回答。我沒當過母親，也不會成為母親，更何況我和母親還有一些心結。

「…………」

「咯咯咯，抱歉抱歉，這段訊息確實沉重到不方便轉達，當我沒說吧……不過，如果駿河哪天面對自己，而且陷入走投無路的狀況，麻煩你幫她一把。」

如今遠江完全以「那邊」的立場說話。真是不可思議的人。臥煙——那位臥煙小姐只有在提到姊姊的時候變得慎重，像這樣看就知道為什麼了。

遠江從我後方伸手過來，拿起蓮蓬頭，沖洗我的背。看來拷問時間結束了。

雖然知覺麻痺，但總覺得背部火辣辣的，溫水刺得好痛。該不會出血了吧？

「不成藥，便成毒。否則妳只是普通的水。」

遠江伴著水聲這麼說。

「我將這句話掛在嘴邊，養育那傢伙長大，卻不知道我真正的用意傳達多少程度給她。我這麼說給她聽，其實或許只是在說給我自己聽。那傢伙眼中的我是母親，妹妹眼中的我是姊姊，但我眼中的我……只是愛哭的惡魔。是膽小鬼。」

她說得很豪邁，所以我難以理解，也可能只是我擅自這麼認為，不過這番話聽起來像是喪氣話。

「我沒能排除這個惡魔，不過阿良良木小弟，你選擇保護自己的分身。既然這樣，你就要貫徹這條路到最後。無論是暗還是光，都肯定是你的搭檔。」

「……搭檔？」

這個詞令我轉身。

要尋找搭檔。黑羽川這麼對我說過。

即使只是湊巧一致，但遠江在這時候使用這個詞，我非得問出個中真意。

雖然非得這麼做，我卻沒能發問。

因為當我轉身，身後已經沒有任何人了。和鏡子裡的影像一樣，現在這間檜木浴室裡面，只有我一人。

從什麼時候變成這樣的？

還是從一開始就是這樣？

臥煙遠江消失了，只留下毛巾。蓮蓬頭掉在地上。

「…………」

我默默將蓮蓬頭掛回去，關掉流個不停的水，撿起毛巾。

直到剛才的對話，不是因為我想在水面尋求通話管道的點子落空，為了對斧乃木解釋而妄想的情景。這條毛巾算是姑且證明了這一點。不，真要說的話，我背部的痛覺也可以當成另一個證據？

刺痛到讓我懷疑真的出血……雖然不是套用剛才和遠江的對話，但是想看背部就得用鏡子，所以我站起來照鏡子，想確認自己的背部。

此時，我倒抽一口氣。

轉頭檢視我映在鏡子裡的背，雖然沒有出血，各處卻像是遭受鞭刑般腫脹，形成文字。

而且還貼心使用鏡像文字。

因此，照鏡子可以輕易解讀。

片假名的「直江津高中」。

上面是這麼寫的。

看來，我的下一個目的地確定了。

026

「臭小子你胡鬧個屁啊？找死嗎窩囊廢？」

我向斧乃木說明事情經過之後，她狠狠臭罵我一頓。無論在那邊還是這邊的世界，我都是第一次被斧乃木破口大罵到這種程度。

斧乃木勉強維持面無表情以及平淡語氣，但如果是這個世界原本的斧乃木，應該裝不出招牌表情吧。

「天底下哪有人真的泡澡啊？而且是和人妻，和寡婦泡澡？」

「慢著，她不是寡婦吧……」

如果她是幽靈，那她早就和老公一起過世了。

到頭來，「寡婦」這個詞隱含性別歧視的要素，使用上必須小心。不過同性之間也有「桃園結義」或「刎頸之交」等說法。

我們已經離開神原家，移動到浪白公園。並不是一定要到浪白公園，但昨天我們移動到這裡得以躲開雨魔，所以沿襲這個模式。

離開浴室的我來到庭院，騎腳踏車介入神原和斧乃木的戰鬥。

斧乃木以我前來為暗號，發動招式飛翔。

「『例外較多之規則』。」

就我所見，雨魔只有雨衣邊緣受損，看起來沒受到太大的傷害。

看來斧乃木漂亮完成「一邊手下留情避免傷害對手，一邊以爭取時間為目的戰鬥」的任務。不愧是專家。

不過，我也以外行人的身分努力過了。如此心想的我，在公園廣場述說我在檜木浴室體驗的怪異奇譚，然後接到開頭那段臭罵。

「真是的……我現在的心情，就像是抓老鼠回來想得到主人誇獎，卻被罵到臭頭的小貓咪。」

「沒那麼好。」

「這比喻很好……」

我基本上怕貓，所以將自己比喻為貓，我自認可以表達我受到多大的打擊。

「還有，把我比喻成主人，我也不以為然。這樣違反信義原則吧？鬼哥，你在姊姊眼裡會變得像是孫式神喔。」

「孫式神？這是正式用語嗎？我可不想納入影縫小姐門下……」

我一邊說，一邊環視公園。幸好沒有目擊者，沒人看見我和斧乃木的互動。

以結果來說，我泡澡好像有點久，現在時間是下午。今天晚上預定再去北白蛇神社一趟，看來在這之前還可以排一個行程。

「所以斧乃木小妹，接下來我想去直江津高中……怎麼樣？」

「唔～～……總之，既然沒其他線索，也只能這樣了。若要老實說我現在的心情，那個人是臥煙小姐的姊姊，我沒什麼意願照她的建議去做。」

居然用「心情」或「意願」這種字眼，不太像是斧乃木的風格。

「應該不是建議喔。因為她說這不是建議。這東西該說暗示還是審查……比較像是可用可不用的提示。」

回想起來，這或許是她的底線。如同忍野在救人這方面畫下界線，遠江也一樣，先不提她有幾分心態是刻意這麼做，但她限制自己將這份犯規的天分用在他人身上。

這是我對她的印象。

「鬼哥，雖然你提到『這東西』，但你還沒讓我看那些血痕。」

「咦？妳要看？意思是要我在這裡脫？我有點不好意思……」

「鬼哥，你逕自害什麼羞啊？到頭來，你講得這麼假，沒拿出證據的話，我怎麼能相信？該不會是什麼都沒找到，所以胡謅這種事當藉口吧？」

「怎……怎麼可能，我哪會為了隱瞞自己的失誤做這種事？」

但我想過就是了。

我思考這種事沒多久，就演變成人妻幫我洗背的狀況。

「好，轉身背對我。」

斧乃木講得像是醫生在看診。和人偶玩醫生家家酒，感覺也怪怪的。

她掀起我的上衣。

「喂，臭小子。」

「咦？怎麼了？包括語氣跟內容，怎麼回事？」

「什麼都沒有喔。只有健壯的背肌。」

「妳稱讚我的肌肉也沒用……真的？」

「真的。」

「怎麼這樣……」

我轉頭往後，可惜當然看不見自己的背……不過，那麼顯眼的腫脹，斧乃木應該不可能看漏。

這麼說來，痛楚也不知何時消失了……在浴室照鏡子的後，我滿擔心這些爪痕會不會留疤，看來遠江在這方面也顧慮周全。

不過，如果是顧慮到後遺症，那麼傷痕消失得有點快……

「呃，不，真的有啦，直到剛才都有。她在我背上寫了『直江津高中』，而且是片假名，是鏡像文字。」

「受不了，辯解得真拚命耶。和謊稱有個可愛筆友之後找不到台階下的男生一樣拚命。」

「不要拿小學生戀愛喜劇來比喻。我不是在搞笑，是真的啦，斧乃木，看看我的眼睛！我的眼睛是說謊的眼睛嗎？」

「我第一次遇見真的會講這種話的人。這不是漫畫，所以看眼睛看不出什麼東西喔，只會大眼瞪小眼喔。只會比賽誰先笑出來喔。」

「看看我的瞳孔！」

「拿瞳孔出來講，終於進入舉止可疑的境界了。我不是眼科醫生喔。真要寫的話，用漢字寫不是比較好嗎？」

「不准講得這麼恐怖！」

用傷疤寫漢字，我哪受得了？

「津」尤其是地獄！

「……唔。也就是說，斧乃木，妳願意相信嗎？我在妳和雨魔交戰的同時進行的冒險事蹟，妳願意相信了？」

「我不確定是否可以形容為冒險事蹟……總之，要說謊的話，給我說個像樣一點的。」

「咦？妳生氣了？」

「說錯了。鬼哥要說謊的話，應該會說個像樣一點的……我原本想這麼說，卻不小心說出真心話。」

「既然那是真心話，現在這個就是表面話吧？」

「反正也沒其他方向……所以我在意的是這個建議……應該說提示，居然是臥煙小姐的姊姊給的。否則我也不會抱怨這麼多。」

「…………」

另一邊的世界也一樣，不過在這一邊的世界，「臥煙遠江」這名字似乎也公認是「這麼回事」。

身為直接見過她的人，我的感想是「哎，我想也是」……而且即使除去這一點，我也不想主動去直江津高中一趟。

應該說，可以的話我不想去。我甚至再也不想去那個場所。

畢業典禮當天在教職員室磕頭道歉的我，究竟有什麼臉回母校？

不過，時間已經是放學後了吧？

……這麼一來，校內現在也沒那麼多人了。真要說的話是潛入的好機會……不過雖說是校友，已經畢業成為局外人的我要是潛入學校，感覺會惹得校方大發雷霆（如果大發雷霆就能了事還算好）。

「也對……這麼一來，先不提我，妳很顯眼……」

「確實，以我的可愛，走到哪裡都會集眾人目光於一身。」

「……………」

我不是這個意思，是指高中校內如果出現女童，再怎麼樣都很顯眼……但即使是開玩笑，這也不太像是斧乃木會開的玩笑，所以這個斧乃木和我認識的斧乃木果然有些誤差。剛才她火冒三丈，我也想當成她在不同世界的變化。

好啦，現在該怎麼做呢？

「對了。那就分頭行動吧。」斧乃木在我思考的時候如此提議。「只要別和雨魔扯上關係，也就是不用擔心戰鬥的話，我就沒必要和鬼哥共同行動吧？鬼哥去直江津高中的這段期間，我從其他路徑調查看看。」

「其他路徑？」

「嗯。總之，這是我剛剛想到的點子……我實在不想照臥煙小姐她姊姊的說法去做，努力想找個不用去直江津高中的藉口，好不容易才想到這個點子。」

「妳講到這種程度已經不是提防，單純是抗拒吧？妳到底多麼不想去直江津高中啊？」

「我去問問黑羽川吧。」斧乃木說。「與其說去問她，不如說去找她……黑羽川為什麼救了鬼哥，果然是一大問題，我去消除這個疑問吧。」

「她……她的下落，妳心裡有底嗎？」

「沒有，不過因為沒有就不去找，也算是怠忽職守吧？偶爾找貓也不賴，很像偵探在做的工作。」

「哎……」

用這個理由拒絕遠江給的提示，應該十分有效吧。我不知道去了直江津高中會發生什麼事，不過如果她可以聯絡上黑羽川，肯定會前進一大步。

不過即使找得到她，要從她那裡問出情報也相當費工夫吧……可以的話，我想確認是誰拜託那傢伙來救我的。

「還有，雖然應該會白跑一趟，但是在找貓之前，我想再去忍那裡一趟。」

「咦，這我就會擔心了……沒問題嗎？」

「居然會有被你擔心的一天啊。」

「所以說為什麼是歡喜冤家的台詞？為什麼不是歡喜冤家就是小學男女生？妳比喻的類型太少了吧？」

「放心。你剛才看見了吧？忍的光環很難影響我……只是很難影響，並不是絕對不會影響，不過總比鬼哥去找她好得多。我或許問得到她沒講完的後續……那個意外固執的任性公主，可能因為不是當事人過去就不肯說，所以我昨天才會三更半夜叫你起床，不過等等我就反跪求她通融一下吧。」

「這樣啊，不好意思，讓你為了我低聲下氣……『反跪』是什麼？」

「主要是將身體往後仰，名為『後屈』的絕招。」

「居然在公主大人面前擺這種囂張的姿勢，妳到底以為妳是誰啊……所以，順利的機率有多少？雖然妳一下子說心裡沒底，一下子又說會白跑一趟，但如果成功率比我去直江津高中來得高，那我也……」

「別忘了，這是我不想去直江津高中才編出來的方案……要是你這時候一起去，之後我不就非得跟你去直江津高中當回禮嗎？」

居然光明正大講這種話。

妳究竟多討厭遠江啊？

「我是為此才特地想一個鬼哥不方便一起去的方案。若要追黑羽川，沒有機動力的鬼哥是拖油瓶；若要拜訪忍，鬼哥會被威光晒乾……怎麼樣，甘拜下風了嗎？」

「甘拜下風。」

條理分明。為了避免做自己不想做的事就編出這種理由，我好想向她看齊。

雖然不是藉口，不過我剛才報告說浴缸水面沒映出任何影像，相對卻見到神原母親，一起洗澡之後獲得背部留言……這個報告和她的計畫比起來，想必一整個莫名其妙吧。

「那麼，大約三小時後在這裡集合，前往北白蛇神社。與其在當地集合，在這裡集合再用我的『例外較多之規則』跳過去，應該更能將時間利用到極限吧。鬼哥到直江津高中砍柴，我去洗黑羽川與忍。」

「不要試著增加比喻的類型卻失敗好嗎？我根本聽不懂……總之，我想我這邊應該沒危險，但妳要小心啊。不提忍，這個世界的黑羽川也很危險吧？畢竟那傢伙會使用能量吸取。」

「能量吸取對我來說沒什麼意義喔。因為我是屍體。」

「啊，原來如此。這我不知道。」

「說到危險，我認為鬼哥比較危險。雖然應該不會戰鬥，但是按照臥煙小姐的姊姊指示的方式去做，我不認為能夠風平浪靜，應該會出一些狀況。」

「…………」

老實說，我沒有這麼強烈的危機意識……不過遠江具備某些讓斧乃木提防到這種程度的要素嗎？而且這份強烈的戒心，從另一個角度來看也可以視為她對遠江的讚美。

既然不會戰鬥，即使我獨自去看看也值得吧。

「這樣的話，我應該先回家一趟，改穿學生服……也就是假扮成高中生比較好嗎……？」

也就是說，我將會再度穿上原本以為再也不會穿的制服……老倉肯定和妹妹們出門了，所以回到房間也不會遇見她。

「說得也是。那我送你回去吧。我這樣像是扔下你不管，我過意不去，所以至少讓我幫你一下。」

「像是扔下我不管而過意不去的事，可以的話希望妳不要做……」

總之，這部分也牽扯到斧乃木與臥煙的關係，她原本就是好心幫我的。

「那麼，麻煩送我回去就好。但妳也別亂來啊。」

知道黑羽川多麼恐怖的我再度如此叮嚀，然後結束會議，將注意力切換到下一個階段。

不過，這時候的我應該更深刻、更慎重地收下斧乃木的擔憂才對。我完全不知道臥煙遠江的恐怖之處。

後來，我按照她的指示，前往直江津高中。歷經各種怪異奇譚，即使九死一生卻還是成功克服難關至今的我，卻在這時候遭遇前所未有，毛骨悚然的無上恐怖。

027

……雖然這麼說，但我遭遇這份恐怖的地點，不是遠江指示的直江津高中。是在前一階段發生的事。

斧乃木送我一程，我暫時回到阿良良木家的曆房間，更正，回到曆&育的房間時，面臨這個恐怖的事態。

怎麼回事？我的心情就像是在即將打王之前想要湊齊裝備並且補充藥水，卻被武器店的老闆襲擊導致遊戲結束……不，話先說在前面，雖然對不起喜歡欣賞老倉悽慘遭遇的老倉粉絲，但是那個傢伙不在。

她幸福地和火憐與月火出門購物了。

阿良良木家空無一人。到這裡都很順利。順得不得了。

問題發生在我打開自己房間衣櫃，為了繼神原家之後改為潛入直江津高中，取出執行任務用的服裝——學生服的時候。

沒有學生服。

咦？已經處理掉了嗎？怎麼可能……

還是說混進老倉的衣櫃裡？不過就算是住在同一個房間的自家人，也不能擅自開她的衣櫃……如此心想的我，從角落依序一件件檢視掛著的衣服，然後果然找到了。

不對。我找到的不是學生服。

搞不懂。說到學生服，我只會想到自己穿了三年的立領學生服，或許只是這裡的文化沒把「那個」稱為學生服，而是把「這個」稱為學生服。至少這確實是學生穿的服裝，稱為學生服應該完全不成問題吧。

水手上衣加裙子。女生或許會將「這個」稱為學生服。

只不過，由此產生的嚴重問題，我想應該和稱呼方式無關。

「這樣啊這樣啊這樣啊……」

是這樣嗎？

是這麼一回事嗎？

慢著，假設這個世界不是「左右相反」，是「翻轉」，如同羽川翼成為黑羽川，阿良良木曆是以忍野扇的身分在這裡生活的話，也可能是這麼回事吧。制服也可能從男用變成女用吧。

聽說進入大聯盟的新人，置物櫃會擺一套角色扮演的服裝當成洗禮，或許這也是這個「鏡之國」對於異鄉人的洗禮吧。至今我都是牛仔褲加T恤或連帽上衣的打扮所以沒察覺，不過由此看來，堪稱可以確定這個世界的「阿良良木曆」是「忍野扇」。

和老倉住同一個房間，或是遠江毫不猶豫和我一起洗澡，或許就是這方面不合邏輯，應該說是矛盾的表現……不，遠江這邊我覺得只是她個性使然，不過老倉那種卸下心防親密相處的感覺，如果原本是對同性做出的舉動，我可以接受這個解釋。

畢竟她雖然在換衣服的時候把我趕出房間，第一天卻曾經半開玩笑邀我一起洗澡。

「唔……」

我咬緊牙關。

非穿不可嗎……這部系列持續至今，這明明是我唯一敬謝不敏的事。唯獨這件事我堅決迴避至今。因為我至今得意忘形嗎？我不是這樣的，像是幼女、熟女或牙刷，我至今幹過不少事，卻認為自己不屬於這一邊的人，認為自己只是嘴裡說說的類型。

我自認和戲言跟班、戀妹國中生、無刀劍士或傳說英雄這種主角不同類，不過看來我也是綜藝班的成員。

知道了，既然事情演變成這樣，我就別發愁了。

趕快穿上，趕快跑劇情吧。

頁數也所剩不多。在這種時候，名為不抵抗的抵抗是最強的抵抗。

我穿上直江津高中的女生制服。不知道這部分的邏輯是如何解釋的，不過我個頭再小，小扇和我的尺寸也完全不同才對，這套制服卻像是量身製作般合身。

或許是量身製作的。

幸好在至今的冒險中，我數度有機會接觸女生的衣物，所以知道怎麼穿。幫人穿和自己穿真的是左右相反，所以費了一番工夫，但還是穿得很像樣。

幸好小扇是褲襪派。我不太喜歡直接露腿，這是缺乏時尚品味的我少有的執著。男生露腿也太令人不敢領教了。

好，打扮完畢。

原本打算換上男生制服就出發，卻意外花了一些時間。我三步併兩步下樓，離開阿良良木家。

這時候的我沒照鏡子。

我可不想照。

因為頭髮留得有點長，看起來煞有其事。

一出門，我就覺得這是天底下最令我不安的穿著。不，並不是單純因為第一次穿這種衣服，是我驚訝裙子的防禦力居然這麼差。

風吹就造成傷害。

想到女生穿這種防具度過高中生活，我就不得不尊敬。尤其想向羽川道歉。

不過，現在也不是對蘇格蘭文化表達理解之意的場合。總之我跨上腳踏車（我第一次知道穿裙子跨上坐墊要這麼小心。沒這種機會應該一輩子不知道吧。原來如此，確實如遠江所說，知不知道一點都不重要，重要的是理解），踩下踏板朝著直江津高中出發。

原本以為再也不會……這麼說確實太誇張，但至少有一段時間不會像這樣走這條通學道路，卻沒料想到只隔一天就再度上路。

不只如此，我更沒料想到是穿女生制服上路，不過無論如何，這條路對我來說都已經不是通學道路了。

想到這裡，也不禁悲從中來。

我再怎麼樣——不管是穿男生制服或女生制服，不管是騎腳踏車或徒步，都已經不是高中生了。

沒有頭銜的自己。

既然這樣，或許我位於任何地方，都如同身處異世界。不過騎腳踏車的時候像這樣陷入沉思很危險，所以我刻意切換意識。

切換意識思考，就覺得有點奇怪。是的，奇怪。不是有點，是相當奇怪。

不對勁。

這個世界有阿良良木曆的話，應該是小扇。因為我這麼認定，所以不太質疑就接受制服是女生制服這件事，不過按照這個道理，所有衣服都應該是女裝。牛仔褲、T恤、連帽上衣以及睡衣等等，這些衣服算是男女通用……我剛才是這麼解釋的，卻漏看了內衣褲。

如果衣服全部變成女裝，昨晚出浴的時候就應該察覺，否則不合理。穿著小扇內褲的時候，或是衣服底下穿胸罩的時候，我就應該察覺這一點。這是怎麼回事？

在這個世界過度尋求合理解釋，當然是一種錯誤吧。我要取代小扇的位子是不可能的，不要認真計較邏輯或許比較好，但我也覺得這部分最好思考一下。

因為，是逆轉。

是反轉。

以斧乃木、老倉與忍的例子來思考，就可以知曉我內心這種奇妙感覺的「真面目」。

例如斧乃木，來自異世界的我造成她奇妙的突兀感，為了應對這個狀況而改造自己。重新說一次就覺得這女童的所作所為真是不得了，總之她以這種方式，讓自己近似我認識的斧乃木余接。

老倉不知道我是來自異世界的訪客，以「一如往常」的方式面對，卻因而產生問題而感到苦惱。她本來就很聰明，或許正逐漸察覺真相。

忍也是，她說她對於這個世界「阿良良木曆」的記憶逐漸模糊，大概是她內心的常識逐漸替換成我的常識吧。

這是對世界的負面影響。我這個異分子造成的影響。

不過，在昨天的時間點，我穿的都是我自己的衣服，到了今天卻變成小扇的衣服，這不是很奇怪嗎？

方向是不是反了？

如果我昨天穿著小扇的內衣，今天改穿男生制服，從變化的方向來看就不無可能。然而，從男生制服變成裙子就表示……

「…………」

雖然覺得奇怪到不能忽視，卻也覺得這種程度的矛盾無須在意。

覺得沒什麼關係。

和學妹母親一起洗澡的傢伙，事到如今卻計較這種細節，我自己都覺得缺乏說服力。我自己的行動已經很難稱得上合理了。

是的，這就是重點。

換句話說，不只是我對世界造成影響，相對的，世界也對我造成影響？

我正逐漸變成小扇……？

不只是服裝，接下來還會變成那種……該怎麼說，變成個性惡劣，應該說個性討人厭的女生？

我覺得這種事很荒謬，卻也反過來覺得很有可能。應該說這樣才正常。

溫度是從高溫往低溫移動。

因此，即使我對世界造成的影響很強，一滴熱水對一池冷水造成的影響也終究微乎其微。

轉眼之間就會適應。

我也會成為冷水的一部分。

成為普通的水。

這麼一來確實如忍所說，我非得盡快回到原本的世界。真的是分秒必爭。

否則，就會喪失。

而且消失。

無論如何都是我自己的我，將會逐漸失去。

再也不是我。

如同畢業之後失去頭銜。

阿良良木曆將逐漸消失。

這正是令我毛骨悚然的無上恐怖。

028

說到這時候和我分頭行動的斧乃木，她已經謁見忍野忍……應該說城堡忍，已經見過雖是全盛期卻是人類時代全盛期的姬絲秀忒．雅賽蘿拉莉昂．刃下心，正要出城。在我遲疑要不要穿制服的這段時間，她展現強大的行動力。這方面的機動性和我認識的專家斧乃木余接一模一樣。能幹到彌補惡劣的性格還有剩。

雖然這麼說，但這場謁見是否有所收穫？只能說沒有。

依照斧乃木後來的敘述……

「總之，她就算像那樣裝作自己了不起，也終究不是怪物。她的特異性只限於領袖光環，並非全知全能。」

就是這樣。

雖說是屍體不太會受到影響，但姬絲秀忒·雅賽蘿拉莉昂·刃下心的那種「威光」並不是完全無效，所以斧乃木非得在講到一半的時候打住，可以解釋成她因此無功而返。無功而返令人遺憾，不過斧乃木余接分頭採取這個行動的目的始終是「不按照臥煙伊豆湖的姊姊的指示行動」，所以某方面來說無傷大雅。

就我看來很想說一句「開什麼玩笑」，不過對斧乃木余接說什麼都沒用。

如果偏離正軌偷懶不工作就算了，但是工作本身確實有進展，所以我沒道理抱怨。不過要把這個稱為「工作」也很奇怪。

「那麼……」

斧乃木余接將毫無成果的謁見忘得一乾二淨，採取下一個行動。也就是尋找黑羽川。

黑羽川知道「某些事」。

或許只是剛好知道而已，但她知道。

那麼，就應該問個究竟。

關於她的去向，這邊完全沒有線索，只能在城鎮進行地毯式搜索……不對，並不是完全沒有底。

這是我說過的事。

朽繩大神——這個世界的千石撫子，說得一副認識黑羽川的樣子，這肯定稱得上是線索。

朽繩大神在這方面似乎不想多加說明，面對千石撫子難以強勢的我沒有深入詢問，但是斧乃木余接完全沒有這種枷鎖。

要怎麼突擊都沒問題。

而且，雖然不知道朽繩大神是否願意回答，也不知道朽繩大神現在在哪裡，但是朽繩大神的「朋友」……應該說「繼任者」的所在位置，可以說是明確得不得了。

對於斧乃木余接來說，也是造訪過許多次的熟悉場所。

北白蛇神社。

因此，甚至不需要設定座標。

「『例外較多之規則』。」

她毫無情感，面無表情地說。

然後飛翔。

這次沒有背著礙事的東西，沒有我這個「包袱」，是以最高速飛行，在十幾秒後降落在北白蛇神社境內。

衝擊力道吸收到體內（屍體內），沒有破壞降落地點，如此環保的著陸應該值得讚許。

「唔……」

在這個時候，斧乃木余接毫無表情的臉蛋變了。

不是笑了，也不是做出招牌表情，但是執行任務時既定、固定毫無表情的臉蛋，稍微變了。

雖說是臨時施工打造的個性，但現在完全處於工作模式，斧乃木余接之所以驚訝，反倒是在驚訝自己居然還有這種情緒的波動吧，總之暫且解釋成這裡是「異世界」，自己處於「異世界這一邊」……然後再度看向眼前的風景。

我要幫忙說幾句話，即使不是斧乃木余接，任何人看到這幅光景，應該都會嚇一跳。

八九寺真宵大明神與朽繩大神。

這兩人……應該說這兩尊神還位於這裡，如果只是這樣，反倒應該讓人高興才對。「向八九寺姊姊打聽」以及「尋找朽繩大神」這兩個必經步驟得以省略，即使工作這麼順利引起些許戒心，也不是不能接受的事。

然而，有第三個人物……應該說幼女，正在和她們兩人飲酒作樂。

看到這個綁麻花辮戴眼鏡的小學生，任何人都會啞口無言。那當然，小學生參加酒宴，任何人都會啞口無言吧。

「怎麼可能……這次的幼女成分肯定由我獨挑大梁才對……」

斧乃木以沉重（不是死板）的語氣輕聲這麼說完，詢問沒害羞卻臉紅的幼女是誰。

「嗯？唔喵？」

幼女一副口齒不清的樣子，露出懶散的笑容回答。

「羽川翼喵？喵哈哈！」

「…………」

斧乃木因此反而冷靜下來。

斧乃木余接當然不知道羽川翼六歲時的樣子。應該說她自己和羽川翼幾乎沒有交集。

即使是對於黑羽川的認知，也僅止於我的說明。

所以，她當得知醉醺醺的幼女是羽川翼，反倒可以接受。總之，案情至少沒有普通幼女喝醉那麼嚴重吧。

講到這裡，斧乃木對場中就年齡來說唯一可以合法喝酒的大姊姊詢問。

「八九寺小姐，這是怎麼回事？」

「嗯？啊啊……」

她也處於恰到好處的微醺狀態，卻意外地維持理性回應。

盤腿坐在地上的模樣，反倒可以說是具備神明大方不拘小節的個性。

「羽川翼小妹雖然沒妳那麼誇張，卻也有好幾種另一面喔。對她來說，幼年時期的往事也著實是她的裡面，是表面。不過，想到那隻小老虎沒有登場，這部分或許已經好好解決完畢了。」

「…………？」

聽完姑且算是說明的這段話，斧乃木余接歪過腦袋。和羽川翼相關的那些事件，斧乃木余接屬於局外人，所以無法從這番話理解。

她聽不懂這是在說什麼。

不過，把聽不懂的事情當成耳邊風，是斧乃木余接的拿手絕活，甚至可以說是必殺絕招。反正應該無法從醉鬼們口中適度打聽正確的情報，所以她決定只重新確認要點。

「總之，妳是黑羽川——羽川翼的另一個形態對吧？但我經過鬼哥的調教，已經沒辦法正確掌握這個世界了。」

雖然她使用「調教」這種危險的字眼，但是這個事態確實十萬火急吧。斧乃木余接已經無法將這個世界的「理所當然」視為「理所當然」而接受。

她將自己改造為重視邏輯與理論的個性。

「啊啊，是這樣沒錯喔，哧哧！」

一旁附和的，是同樣喝醉的朽繩大神。斧乃木余接和千石撫子也同樣沒有直接的交集，卻不是沒有結下相當大的梁子。

這始終是在我所知道的世界發生的事，不過這部分的記憶可能同時存在或同時不存在。在這種狀況又如何呢？

「以羽川翼的狀況，她是貨真價實的多重人格，和老娘不一樣。咘咘咘！」

「這樣啊……」

斧乃木余接一邊點頭，一邊冷靜判斷這趟就某方面來說白跑了。不只是朽繩大神，連正在尋找的羽川翼都能早一步在這裡找到，這樣的進展已經不只是稱心如意而是心想事成，但是在只有醉鬼的這個狀況，反倒變得像是束手無策。

六歲羽川算是黑羽川的另一個分身，如果她還沒喝醉，或許可以打聽一些情報。不對，對方才六歲，有沒有喝醉都差不多吧……

斧乃木余接在這方面的判斷有點大意，應該說不認識羽川的她，難免做出上述這個錯誤的判斷（無論是六歲或是有沒有喝醉，羽川都是羽川，應該是有問必答），雖然這麼說，但也不能空手而返，所以她也坐進三人圍坐的圈圈。

當然不是為了參加酒宴。她是屍體，酒精對她說只是保存溶液。

如果交由第三方機構審查，想像斧乃木余接在這個場面的適切行動，那她應該停止分頭行動，和正在前往直江津高中的我會合，但她即使被五馬分屍也絕對想避免這麼做，所以假裝沒察覺這個選項。

或許她真的沒察覺。

因為過於抗拒。

「真悠哉啊。鬼哥明明大難臨頭，各位卻在飲酒作樂。」

人類心虛的時候很容易責備別人，即使成為屍體似乎也一樣，斧乃木余接如此向三人（其中兩人是神）出言抱怨。

真要說的話，斧乃木余接也是神（式神），依照這方面的階級關係，或許不算是大不敬。

「啊啊，這部分好像沒問題喔。」

回答的是八九寺姊姊。她喝醉了，感覺原本就尖的聲音變得更尖，但是骨子裡的語氣莫名清晰。

「我也是剛剛從這孩子，從小翼這裡得知的……所以現在才舉杯祝賀。」

「舉杯祝賀。喵哈哈哈！」

雖然不知道哪裡好笑，但幼女笑了。

朽繩大神也在這時候「哧哧哧哧！」大笑。

總覺得無法巧妙介入這股整合起來的氣氛，斧乃木余接不禁覺得不自在，覺得坐不住（要用感覺），不過就算這麼說，她也不能識相乖乖離開。

要是這麼做，她就非得前往直江津高中。這可不是鬧著玩的。

「其實我們誤會了很多事喔。包括我，包括大家，當然也包括阿良良木曆小弟。」

八九寺姊姊說。

「妳……也是吧。不，我不是那個意思……進一步來說，這個世界本身就是許多誤會的產物。」

「我聽不太懂。」

斧乃木無法判斷醉鬼們這些意見的可信度，翻譯對方的話語之後自行解釋。

「我可以這麼認為嗎？從妳們這種沉穩……應該說解放的態度來看，現在的事態……這個事件已經終結了？」

「正確來說，是正要邁向終結喵。」

六歲羽川回答。

語氣完全飄忽不定。

「邁向終結的當然是阿良良木本人喵。原本真要說只是這麼回事，確實就只是這麼回事喵。這是一部等待阿良良木有所自覺的物語。我們只要等他察覺就好喵。」

「察覺……？」

「只要察覺搭檔的存在就好。只不過，這個搭檔一個不小心被封鎖在某個地方，事態才變得有點複雜喵……不然第一天就會終結喵，是終結的後續喵。所以我才嗚喵嗚喵嗚喵，變得必須跑來跑去喵……呼嚕嚕。」

「…………」

這應該是在講某件相當重要的事，卻果然講得抓不到重點。

即使如此，斧乃木余接還是隱約覺得自己的工作就此結束。這是直覺，是實感。她理解到接下來只要在這裡，和三個醉鬼一起等待阿良良木曆造訪直江津高中之後回來就好。

這份理解和完成工作的成就感差得遠，甚至伴隨著煮熟鴨子飛走的失落感。算了。

反正早就覺得這一天遲早會來臨了。

029

我抵達直江津高中，在停車場停好腳踏車，在校內走沒多久，就覺得氣氛不知為何大不相同。

不是單純因為左右相反，感覺這裡謝絕我進入，彷彿說我不應該來到這裡。

大概是心情上的問題吧。畢業就是這麼一回事吧。我實際感受到這一點。

我從高中畢業之後，一直維持著終於解脫的心態，但是不知為何，像這樣回顧就覺得自己或許像是成為涼粉條之前的涼粉，只是因為輪到我就被擠出去了。

之前和小扇造訪國中的時候，我也想過類似的事，不過光是隔了一天也會冒出這種感覺的樣子。要說落寞不太像，要說空虛也不太像，但這果然是心情上的問題吧。

我一邊思考這種事，一邊進入校舍。遠江只在我背上寫了「直江津高中」，雖然這已經是相當具體的座標，但直江津高中這所學校絕對不算小，所以我不確定接下來該怎麼行動。

話是這麼說，但我首先應該前往的場所，果然是我最後使用的教室吧。

和戰場原黑儀以及羽川翼共處的教室。

我不知道那裡有什麼東西，不知道那裡有誰，但我爬樓梯來到頂樓。

幸好，途中沒有遭遇任何人。

大概是已經放學，學生們都各自解散了吧。雨魔——神原駿河似乎連學校都不來，那個傢伙在這個世界沒問題嗎？到頭來，她有沒有就學都很可疑……不過依照遠江的說法，這部分的邏輯不合也無妨吧。

我一邊思考著這種事，一邊打開還不懷念的教室門。先說結論，這間教室什麼都沒有。

打掃乾淨的教室氣氛，使我感覺到比至今更強烈的排斥感。如此而已。裡面當然沒有任何人。

「…………」

所以我徒勞無功嗎？不，遠江告知的場所不可能什麼都沒有。那麼，是在其他場所嗎？

像是至今沒使用過的教室……體育館……我曾經磕頭道歉的教職員室……或是上演怪異大戰的操場等等，雖然不是想不到候補名單，卻都沒有靈光乍現的感覺。

沒有「非這裡莫屬」的感覺。

到頭來，遠江沒說我熟悉的場所有什麼東西。不過加入「找搭檔」這三個字的意思來思考，可以預測她給我的提示，果然是和阿良良木曆相關的某處……

可是這麼一來，應該不會是我二年級或一年及使用的教室。我已經沒使用，而且學弟妹們已經使用一兩年的教室，和我的關係比這間教室更薄弱。

既然不是這裡，基本上也不會是這附近的場所吧……比較有可能的果然是和怪異有所交集的操場嗎？

或者是體育倉庫。

那裡與其說和怪異有所交集，應該說是我和羽川有所交集的場所……這麼一來，雖然只是不經意的想法，但我有點抗拒將那裡列為下一個探索點。

此時，我察覺一個完全不同的可能性。

說到交集，我察覺對我來說，我和某間教室的關係，比我度過三年級生活的這間教室還要密切。

那間教室堪稱是我高中生活過得不算多采多姿的原因。時間靜止的場所。

而且這麼一來，應當位於該處的人物也昭然若揭。感覺像是答案突然擺在我面前。

老倉喜歡的數學題常發生這種事，即使是看起來難解，讓人覺得不可能解答的題目，只要在某一瞬間不經意察覺出題者的意圖就迎刃而解。類似那種感覺。

只會覺得「原來如此」。

我走出教室。

走出不再是我教室的這間教室。

030

她就在那裡。乾脆到令我嚇一跳。

「嗨，阿良良木學長，您真慢啊。我都等得不耐煩了。」

她模仿叔叔說話，迎接我的到來。

忍野扇。

小扇。

直江津高中一年級學生，我的學妹。

她之所以模仿叔叔——忍野咩咩說話，或許是對前幾天的那件事還以顏色。

若是如此，那她學得真是有模有樣。

不愧是親戚。

「話說回來，您這是什麼打扮？請不要穿我的衣服假扮我好嗎？」

「妳嘴裡這麼說，看起來卻也是穿我的衣服假扮我啊……？」

我如此反問。小扇穿著直江津高中的學生服，也就是男生制服。以這身打扮坐在教室桌子上。

一年三班的桌子。

不過，並不是「現在」的一年三班，也不是「現存」的一年三班。更不是我曾經就讀，後來由學弟妹使用的教室。不是這麼回事。

是小扇轉學過來沒多久，我和她迷途闖入，而且被封鎖在裡面，從平面圖來看不存在於直江津高中的教室幽靈——一年三班的亡靈。

真要說的話，是阿良良木曆與忍野扇的起始點。

「總之，『這個』只是開玩笑的喔。不過『那個』也只是開玩笑的……」

小扇像是覺得很好笑般說。鼓著臉頰，一副忍笑的樣子。

我的扮裝這麼滑稽嗎？

「阿良良木學長，您走到這裡都沒人吐槽嗎？還是正在自我吐槽？就算制服替換成我的制服，您也完全不需要穿吧？」

「啊……」

「啊什麼啊，您真是愚蠢耶。不過，這也算是您的美德啦。請不用擔心，沒那麼慘。」

一點都沒安慰到。

我一邊如此心想，一邊尋找自己的座位——尋找當時自己使用的座位，坐在該處。

看向時鐘，雖然左右反轉，但是和那時候不同，指針有在動。看來那時候動起來的時間，後來就沒有停止了。

不過這裡就沒有別人，只有我與小扇，這一點和那時候相同。不對，不是只有我們兩人，應該說只有我一個人？

因為小扇是我的分身。是我的影子，我的投影。

是映在鏡子裡的我自己。

換句話說，她——忍野扇，正是我的「搭檔」。

「……慢著，咦？這不是很奇怪嗎？」

「哎呀，阿良良木學長，怎麼了？沒任何奇怪的地方啊？」

小扇微微歪過腦袋。

這是她裝傻時的動作。

「沒有啦……如果妳是這個世界的阿良良木曆……我以為因為妳不在，這個世界才會對我施壓，要我逐漸成為妳……但是既然妳在這裡，為什麼我的制服會變成女用的？」

我隱約猜想過，這個世界的小扇——也就是這個世界的「阿良良木曆」和我對調前往原本的世界，但她既然位於這裡，就不是我想的那樣？

不，雖然我自己也覺得這種說法不太對，但小扇的可能性甚至勝過這個世界觀，所以即使這個世界有兩個或三個她也不無可能……比方說其中一個她前往原本的世界，另一個她像這樣留在這裡……

「阿良良木學長，您想好多耶。所以說您想太多了喔。我應該也這麼告知過黑羽川小姐才對。」

「咦……告知？告知黑羽川？這是什麼意思？」

也沒別的意思吧。委託那隻貓救我的人是小扇，如此而已。

畢竟是我自己的事，一旦認為是如此就會接受，毫無質疑的餘地。

「想太多嗎……或許吧。不過完全不想也不太妙吧？必須適度思考，適度理解才行……」

「這是遠江小姐的箴言嗎？不過以理論解釋，再怎麼樣都有極限。由我這麼說也不太對就是了。」

小扇咧嘴一笑。

摸不透心思的笑。

「不，阿良良木學長，請放心，這裡是終點。接下來沒有更遠的目的地。阿良良木學長，問你喔。」

「什麼事？」

我一邊提防，一邊回應。

如果她接下來是要對答案，我當然會提防。「找搭檔」這三個字我至今聽過好幾次，如果這就是要我「找犯人」的意思……

「小扇太早報復」的這個論點並沒有被否定。接下來開始的或許不是解謎，而是犯人的自白。

「有沒有想過這是夢結局？」

「咦？啊啊，這個嘛……」

提高警覺的時候聽到她問這種不是時候的問題，我差點掃興。怎麼回事，她在賣關子嗎？

「當然想過。而且不只一次……應該說，在這種狀況誰不會這麼想？不合邏輯，充滿矛盾，無視於因果關係的世界……記得叫做『清醒夢』？我現在也懷疑是否只是一場夢。」

「說得也是，又是和神原學姊的母親一起洗澡，又穿上我的制服，簡直是夢想般的一場夢耶。」

「慢著，不准說得好像都是我的願望。」

「即使如此，如同從地獄取火回來的老倉，能像那樣開朗過生活的模樣，您還是想看看吧？」

「如同從地獄取火回來的老倉……」（註10）

我第一次見到活用這句慣用語的人。

不過，小扇實際上就是我自己……而且這句話用來形容老倉再適合也不過。

「只是如果是夢，某些地方就無法說明……畢竟也發生了一些我不希望發生的事，我不知道的事情也太多了。」

「呵呵，不過，這可不一定喔。有人說不知道的事情不會出現在夢境，這其實也是毫無根據。因為人也是會做惡夢的。」

「我也這麼想過……那麼，這個世界果然是我的夢嗎？我還躺在家裡床上睡到現在還沒醒？如果妹妹們沒叫我起床，我就這麼難起床嗎？」

「或者是在畢業典禮結束回家的路上，您愉快騎著我的腳踏車奔馳，結果和八九寺小妹或遠江小姐一樣出車禍住院，現在正在鬼門關前面徘徊，在臨死之前做了這場夢。」

「…………」

「但要是變成這種事態，忍小姐不可能不救你。這就是所謂的『想太多』，是我

註10　原意是形容一個人瘦弱寒酸。

舉給您聽的例子。」

小扇說。

她一如往常，即使講話內容很明確，卻聽不出她想表達什麼意思。這樣的女生是我的搭檔，也是我的分身，所以我難以接納。

我重新體認到接納黑羽川的羽川多麼偉大。

「那麼學長，我再說一種假設怎麼樣？我個人認為這個假設很夠力喔。」

「什麼假設？到了這個地步妳就儘管講吧，我洗耳恭聽。」

「放心，不用這麼提防，這是最後一個假設。阿良良木學長，距離現在的兩年前，您在這間教室和老倉育撕破臉對吧？」

「……對。」

總之，我和她這個兒時玩伴，在更早之前就已經像是撕破臉，不過決定性的時間點是那一天的那個時候。

「嗯，是的。而且您遇見姬絲秀忒・雅賽蘿拉莉昂・刃下心，是距離現在一年前的春假，在那之後發生很多事吧？和羽川學姊建立緣分，和戰場原學姊成為情侶，和真宵小妹成為朋友，和神原學姊玩在一起，和千石小妹再度來往……叔叔、影縫余弦、貝木泥舟、斧乃木余接、手折正弦，還有死屍累生死郎，您在各種地方遇見各種人對吧？」

「……這又怎麼了？事到如今才在製作總集篇？畢業典禮都結束了，現在才要開始製作簽名簿？還是要寫紀念留言板？」

「如果……」

小扇無視於我講得不習慣的這番消遣，對我這麼說。對我提出最後的假設。

「如果這一切都是夢，您會怎麼做？」

不只是這次的物語。

如果至今的物語都是夢結局……

031

和姬絲秀忒・雅賽蘿拉莉昂・刃下心打得你死我活。

被忍野搭救。

和羽川翼——黑羽川對峙。
在階梯下方接住戰場原黑儀。
送八九寺真宵回家。
和神原駿河成為情敵。
幫助千石撫子擺脫咒術。
再度和黑羽川對峙。
和忍野忍和解。
驅逐貝木泥舟。
和斧乃木余接戰鬥。
被影縫余弦放過一馬。
被羽川翼表白。
拯救八九寺真宵失敗而離別。
和死屍累生死郎對決。
和老倉育重逢。
拯救千石撫子，同樣失敗。

被手折正弦盯上。

然後，和忍野扇做個了斷。

這樣的一年……我們上演一年的物語，全都是夢？我不是迷途闖入異世界，只是清醒了？

和許多人每天早上做的事情一樣，我只是醒來了？

那些悲傷、喜悅、寂寞、懊悔、痛苦、快樂、歡笑、哭泣、話語、堅強，以及生死……都只是我在做夢？

這個不合邏輯的世界才是真正的世界、原本的世界，是我原本存在的世界？

對任何一邊來說，另一邊都是幻影……忍曾經這麼說，不過，原來只有我的世界是幻影？

只有我是幻影。

這個世界一直很普通。

隔天早上，我一如往常清醒。

「如果這一切都是夢……」

我——阿良良木曆這麼回答。

「我肯定會說做了一場好夢。伸個懶腰，以幸福的心情過完這一天。」

「簡直是夢想般的回答耶。那我收回這個假設吧。」

小扇說完聳了聳肩。

她說什麼？

「就說了，我收回這個假設。當我沒說過。那麼，閒聊到此為止，差不多該進入正題了。」

「閒聊？」

不對不對不對不對！

剛才聽起來煞有其事耶！

以那種方式為之前的物語漂亮作結，然後整個推翻，整個搞砸？妳不知道這樣鋪陳很危險嗎？

「哈哈，即使是小扇我也沒這種膽量喔。」

「在妳使用這種惡質幌子的時間點，妳就已經膽大包天了……咦，不然哪裡錯了？結局不就是至今的物語全都是夢嗎？」

「我保證不是這樣喔。如果至今全都是夢，那您到底做了多久的夢啊……這麼說來，記得我說過『莊周夢蝶』吧？究竟是我這個人類夢見自己變成蝴蝶，還是我這個蝴蝶夢見自己變成人類……哪一邊才是夢結局？」

「嗯……就算是夢結局，講成這樣就發人省思了。」

「不過，阿良良木學長，雖然這個故事確實發人省思，但您不認為有個決定性的破綻嗎？」

「破綻？」

從幾千年前流傳至今的著名故事，妳居然找到破綻……真是大膽。

「挑戰史實也是歷史推理的一環喔。就算記載在古書，也不是絕對發生過。像是『本能寺之變真實存在嗎？』這樣。」

「所以，『莊周夢蝶』真實存在嗎？」

「我的結論是『不存在』。那是古代哲學家的一種思考實驗吧。這真的是假設，是舉例。換句話說就是這麼回事…『我做了一個夢。我在夢中是一隻蝴蝶，飛舞在花叢之間，然後醒來了。我是人類。但我不禁心想，這會不會只是我這隻蝴蝶夢見自己變成人類？』」

「我覺得不矛盾。至少在理論上無法否定。」

「任憑情感驅使來否定的話就是這樣：『我可沒做過變成蝴蝶的夢！』」
不愧是我的分身。語氣和我一模一樣，吐槽方式和我一模一樣。
小扇停頓片刻。
「再怎麼荒唐無稽的夢，夢中的自己也絕對不可能不是自己。還是說，阿良良木學長您做過這種夢？您夢過自己變成蝴蝶嗎？不是蝴蝶也沒關係，您夢過自己變成狗或是鳥嗎？」
小扇問。
……沒有。
嗯，確實沒有。
至今的人生，我做過各式各樣的夢，但總是以自己為視角。沒做過自己不是自己的夢。
假設真的夢過自己變成蝴蝶，也只是「成為蝴蝶的自己」吧。到頭來，我不認為蝴蝶的思考能力足以做出自己變成人類的夢。
「是的。夢總是站在當事人的第一人稱視角。蝴蝶也應該無法進行鏡像認知吧。所以呢，這是一種比喻。是為了讓別人好懂，才拿蝴蝶來舉例。也就是誇大其詞的夢。」小扇說。「夢結局被視為禁忌的原因，並不是在於這種手法卑劣，而是沒有真實感，缺乏說服力。如果有人說至今這一切都是夢，阿良良木學長也無法接受吧？」

「……哎，也是啦。不過……」

事到如今對小扇這種胡鬧做法生氣也沒用，但是這個天大謊言太逼真，我不禁想說她幾句。以學長的身分或搭檔的身分都想說她幾句。

這孩子究竟想做什麼？

不准亂耍我。

「那麼，這次我究竟發生什麼事？這邊也不是夢境吧？那邊的世界、這邊的世界。鏡子的裡面、鏡子的國度。左右逆轉又反轉，矛盾不合邏輯，我快瘋了。如果妳知道些什麼，希望妳務必告訴我。小扇，妳究竟知道什麼？」

「我一無所知喔，知道的是您才對，阿良良木學長。而且，理解真相也是您的工作吧？」小扇答道。「因為您理解得太慢，才會像這樣悽慘落得必須穿成這樣假扮我喔。」

「啊……對了。」

即使覺得她說我「悽慘」說得有點重，我對此還是無從反駁，只能幾乎像是遮羞，像是掩飾般問她問題。

「無論這個世界是什麼樣的世界，既然妳像這樣位於這裡，我覺得我衣櫃的學生服就沒道理變成女用制服，可以先說明這一點嗎？」

「我覺得不應該從這裡開始說明喔……而且這一點我不是早就說明了？」

「咦？不，我不記得妳說明過啊？」

「我一開始就說過吧？『那個』只是開玩笑的。」

「…………？」

她說過嗎？啊啊，她說過。但我沒有確實理解意思。我以為她在說我們相互扮裝成彼此是惡質的玩笑……

「雖說一切盡在不言中，不過就容我明知不識趣還是詳細說明吧。阿良良木學長，您過於悠哉，一邊和老倉學姊打情罵俏，一邊享受這個世界，我看了很火大，所以將制服換成我的制服想捉弄您。」

「這是哪門子的一切盡在不言中啊！」

光是從那句話，我哪猜得出妳這個行動的用意？

既然這樣，這個毫無意義的換裝是怎麼回事？

「請不要這麼生氣啦。不，這也超乎我的預料耶？我原本期待阿良良木學長看到學生服的變化會著急一下，卻沒想到您不只著急，甚至連褲襪都穿上……一般來說應該不會穿吧？著急的是我喔，我連忙對整間學校架設結界。」

小扇說。

看來我在校內沒被任何人看見，也沒遭遇任何人，不只是因為我運氣好。

總歸來說，制服的變化——這個反向的變化，是以「小扇的惡作劇」結案。

「我順便坦承一件事吧，月火小姐幫您洗臉，您在洗臉台看到一張臉在笑，那也是我幹的。」

「這不應該是順便坦承的事情吧……咦？妳還做得到這種事？」

「是的。哎，阿良良木學長和我是同一人，所以我做得到這種程度的事喔。應該說，被關在這間教室的我，頂多只做得出這種事。但我這麼做都是為了激發阿良良木學長的危機意識……」

「…………」

原來如此……我雖然對小扇生氣，另一方面卻也鬆了口氣。

我原本擔心我將不再是我，或是阿良良木曆從此消失，至少目前沒這回事的樣子。不過這只是我沒遭受到這個世界的壓力，不代表這個世界沒遭受到我的壓力。

小扇想要讓我「著急」，換句話說，可以解釋成她要我「趕快回去」的意思與願望。

想到這裡，我就不該批判她的惡作劇。而且應該也沒這種傷停時間了。

「可是小扇，就算要我回去，我也不知道該怎麼回去。還是說妳和忍一樣可以製作闇門？不，到頭來，妳是我分身出來的小扇，還是這個世界阿良良木曆的小扇？但也可能兩者皆是……」

「我是阿良良木學長的分身喔。」

她意外乾脆地回答這個問題。基本上小扇不會聽我問一句就答一句，所以我嚇了一跳。

如果她這麼乾脆回答是有原因的，那應該是接下來會講很久……她剛才說閒聊結束，但已經進入正題了嗎？還是依然在助跑？我希望至少進入序章的中段。

「是您的忍野扇。」

「可以別用這種說法嗎……知道妳的真實身分之後，和妳的距離感已經很難抓了。」

「真冷漠耶。阿良良木學長，您可能覺得意外，但是別看我這樣，我很感謝您喔。您挺身而出，拯救我逃離『闇』的制裁，我對此一直想報答您。」

她的語氣假惺惺，所以我完全不相信，但是聽她這麼說，我就不能不給她好臉色。

但我真的覺得意外。

「我的分身……不過，也就是說，妳和我一起來到這個鏡之國？總之，妳和吸血鬼忍不一樣，或許可以維持原貌來到這裡……但是這麼一來，原本消失的問題又復活了。應該位於這個世界，翻轉版本的阿良良木曆，究竟跑去哪裡了？」

「…………」

哎呀？

小扇沒老實回答問題是正常表現，但她默不作聲就稀奇了。她明明是和她叔叔差不多，說不定比她叔叔還愛講話的孩子。

「小扇？」

「鏡子反射率這件事……您聽誰說過了嗎？」

我叫完小扇，她就注視我這麼回答。以像是會把人吸進去的漆黑雙眼注視。

「問我聽誰說……既然妳是我的分身，應該完全掌握我的動向吧？我是聽老倉說的。」

「您似乎有所誤會。我並沒有掌握阿良良木學長的一切喔。不然我也沒有存在的意義了。因為在重疊的同時略為錯開，我才得以成為我的批判者。老倉學姊嗎……確實很像她會扮演的角色耶。」她笑著說。「是的，一般鏡子的反射率約百分之八十，其他部分會模糊掉……這是一種形容方式，但若換個形容方式，剩下的百分之二十是在反射的時候被削除，也就是被處以『死刑』的意思。」

「『死刑』……」

是的。

因為比例較大，所以難免會將「八成」看作主體，但如果將另外「兩成」看作主體……不對，看不見。

因為那裡沒有光線。

因為被吸收了，沒有反射。

「……那麼，換句話說……這個世界原本就……沒有阿良良木曆……？」

我是「不存在」的百分之二十？

這麼一來，難怪我怎麼找都找不到。尋找存在的東西，比尋找不存在的東西簡單得多。即使想找出某人，要是這個人不存在就不可能找得到。所以我是被鏡子吸收，是沒被反射的光線嗎？

不，等一下，應該不可能是這麼回事。

昨天，我被吸進鏡子之前，確認過自己映在鏡子裡，也因為鏡子裡有我的身影，本次的物語才會拉開序幕。假設我的吸血鬼性質增強，在鏡子照不到的時候發生這種事就算了，但是並非如此。

而且，如果將這方面的理論擺到一旁，說我總之就是鏡子沒反射的百分之二十，要我接受這個說法也行，不過極端來說，就算這樣又如何？

被鏡子吸收的光，又不是吸入鏡子裡。這麼一來，被吸入的不可能只有我。

「……小扇，這也是假設嗎？」

「不，是您心急犯錯喔。我不打算繼續建構假設，也沒要揣測您的想法……這個嘛，該怎麼說，真的是心急犯錯。」

小扇這番話令我覺得不耐煩。

心急犯錯。現在這樣確實是我反覆心急犯錯的結果吧。我的高中生活或許反覆因為心急犯錯至今。

「不過，我絕對不討厭阿良良木學長這種急性子。該說是阿良良木的溫柔之處嗎……割捨掉的百分之二十，我也不禁同情。」

「…………？」

此時，小扇對我招手。居然叫學長過去，這是什麼學妹？我雖然這麼想，但是她這種行為，我已經從神原那裡習慣了，所以算不了什麼。

我從座位起身，移動到小扇那裡。我現在才發現，她坐的位子是當時老倉坐的位子。

真是的，這學妹動不動就喜歡這種鋪陳。

「嘿～～！」

我接近之後，她發出這聲吆喝要和我擊掌。這是在搞什麼？

「嘿～～！」

我回應了。

響起「啪」的清脆聲響。

「……所以，這是怎樣？」

「沒有啦。」小扇說。「我和阿良良木學長是照鏡子的同一人，是『翻轉』的同一人，但如果中間隔著鏡面，就沒辦法像這樣手貼著手吧？」

「…………」

我在某處想過同樣的事。是在哪裡？

嚴格來說，鏡面是玻璃「內側」的銀膜塗層，所以即使想和鏡子裡的影像互貼手心，也會隔著一片玻璃厚的縫隙。

「是遠江小姐洗背那時候喔。為什麼想將這個衝擊的事實當作沒發生過？」

「啊，對喔。那一幕沒那麼重要，所以我完全忘了……玻璃厚度很重要？」

「不是重要，是重厚。換句話說，如果想要進入鏡子裡，想啟程前往『鏡之國』，首先得從物理層面鑽過玻璃才行。必須先有穿透環。」

小扇拿哆啦A夢的道具舉例。

「進入鏡子裡」的奇幻行為，她卻帶入物理現象，感覺也挺怪的……

「如果是直接映在水面或磨亮的鐵板就算了，但如果是鏡子，首先玻璃會成為城門擋在面前嗎……總之，我知道妳的意思了……但這又怎麼了？」

「您問我『這又怎麼了』，我只能回答『這就是答案』。之前被關在這間教室的時候，我不就說過嗎？」

「嗯……妳對我說過很多事，是指哪件事？」

「吸血鬼未經許可……」

吸血鬼未經許可無法進入房間。

嗯，她說過。所以我當時才會被關在裡面出不去。而且依照這個特性，對於帶著吸血鬼性質的我來說，「穿過玻璃」比「進入鏡子裡」難得多……

雖說將吸血鬼性質留在「另一邊」就可以進入鏡子裡，但我即使回復為百分百的人類，也不可能穿過玻璃……不過若要這麼說，這些事我都做不到。

這女生究竟想說什麼？

我覺得到頭來，她至今都還在玩假設遊戲……還是說解答已經近在眼前？

「想太多不好，但完全不想也不好。阿良良木學長，這方面您說得對，而且思考方式反了。」

「嗯？」

「就算沒辦法鑽到玻璃的另一邊，但如果是要『拉』到這一邊，即使是吸血鬼也做得到吧？」

「嗯？」

「剛才不是說過，如果這是夢結局會怎樣嗎？雖然不是夢結局，不過，您認為呢？您不覺得還無法否定『這裡』是真正的世界嗎？」

我聽不懂小扇在說什麼。

感覺話題不知何時又變了……是回到正題了？

「不不不，小扇……如果『這裡』是真正的世界，那麼『另一邊』無論是夢裡還是鏡子裡，果然還是幻影世界吧？」

「別把那邊想成『鏡子裡』，把這裡想成『鏡子外』就好了。您不懂嗎？」

「不懂。更不懂了。無論是裡面還是外面，這兩種說法不是一樣嗎？」

如果這邊是「鏡子外」，那麼到頭來，我原本所在的世界不就是「鏡子裡」嗎？

不對，有唯一一個我還沒想到的可能性。

我自己想不出這個可能性，卻在小扇的引導之下產生這個可能性——夢結局的「相反」版本。

如果我原本是鏡之國的居民，在這次事件被趕到鏡子外面……可是到頭來，這也只是價值觀的問題吧？

即使如此，我依然是我自己。完全沒回答到小扇的問題。

既然我無法穿透鏡子，就無法進出「鏡之國」……她剛才說「拉」？把溺水想要抓稻草的人「拉上來」？

即使我自己不會游泳，至少也可以像是確認水溫般在水面玩水……不對。

假設我可以從水面，從隔著玻璃的鏡面拉出「另一側」，那我究竟把什麼東西拉過來了？

「百分之二十。」

小扇說。

「原本被吸收沒能反射的光線，被您掬起來，救起來了。打開閘門，拯救到這一邊了。阿良良木學長，到頭來，是您將這個世界『打造』為『鏡之國』了。您不是來到『鏡之國』，是將『鏡之國』拉過來了。就像是國引神話那樣。」（註11）

註11　日本《出雲國風土記》的神話，相傳現在的島根半島是由天神「八束水臣津野命」由別處拉土地過來拼組而成。

032

這當然是開玩笑的。

我期待小扇接著說出這句話，她卻沒這麼接。「真是的，如果走錯一步，事情就會慘不忍睹了。」小扇只像是恐嚇般這麼說。

她看起來很愉快。

「阿良良木學長，不是您被鏡之國捲入，是鏡之國被您捲入喔。」

「…………」

「哎，雖然提到國家或世界，受到影響的頂多也只有這座城鎮吧。不過阿良良木學長，今後請小心喔。我不知道您有多少自覺，但您有傳說的吸血鬼跟隨，和神明也建立友好關係，又和具備各種怪異一切要素的我是同一個人。您說過我有無限的可能性，但您的可能性也不算少喔。」

原來犯人不是小扇，是我？

慢著，無論如何，她和我都是阿良良木曆，是一如往常獨角戲的後續。

然而……

「……已經慘不忍睹了吧？居然把一座城鎮弄得亂七八糟，和另一個時間軸毀滅世界的忍不分高下吧？」

「不不不，這終究是幻象喔。雖說像是國引神話，卻不是在物理層面把物體拉出來，是心情上的問題。忍小姐說得沒錯，那邊是幻象，這邊也是幻象。您只是帶給整座城鎮一個『錯覺』罷了。事實上，往事已經成為『歷史』無法改變對吧？您只是基於惻隱之心，拯救這些遺失、遺漏的光線，只是讓大家稍微想起那些被遺忘的人遭到遺棄的心情。不過確實千鈞一髮就是了。」

小扇像是鼓勵我般這麼說。但實際上應該不是鼓勵，只是消遣吧。

「只要現在開始適當處理就沒問題喔。我想想，模仿阿良良木學長的說法就是『大家只是做了一個好夢』這樣。」

「適當處理是吧……」我一下子失去力氣，坐在位子上。「不過，為此好像得學很多東西就是了。」

「是的。我當然就是為此而存在喔。放心，不必勞煩專家出馬。立刻起反應的斧乃木余接很了不起，但這次的怪異奇譚是自己人就足以處理的範圍……但請您今後真的小心一點喔，別忘記我們是被專家們盯上的監視對象。」

「…………」

確實……令人毛骨悚然。

想到這次事件被臥煙知道的後果……不，無所不知的臥煙或許已經掌握了。

解決一連串事件之後終於平定的城鎮，要是再度爆發騷動，不知道她會生氣到什麼程度……或許不只是生氣這麼簡單。

「不，那個人或許已經掌握，但應該沒辦法生氣喔。因為將臥煙遠江『留』在這座城鎮的就是她。雖說她這麼做在這次奏效，卻終究不是刻意這麼做吧。不過如果沒有遠江小姐，阿良良木學長或許還要一段時間才能抵達這間教室。」

「我不太懂……小扇，如果妳這麼想要讓我著急，那妳別躲在這種教室，直接來見我不就好了？」

「就說我是被關在這裡啊。因為這間教室設定為我的棲身之所。這裡是我的遺憾。該說出了差錯還是運氣不好……我搶地盤失敗了，所以只能拐彎抹角對您動一些手腳。我或許擁有無限的可能性，距離萬能卻還差得遠。」

「…………」

「臥煙小姐將遠江小姐留在這裡，或許是基於苦澀的記憶，不過羽川學姊的狀況應該只是留戀吧。看得出她非常捨不得和大家說再見。簡直是六歲小孩耶。哎，也因此才能和她合作就是了……不過她明明捨不得卻掛著笑容離開，那個大奶真的是笨到極點。」

小扇說完笑了。看來她還是一樣討厭羽川。

然而，明明不是鏡之國，小扇這次卻和羽川站在同一陣線……還是說她也產生某種變化？

如同我有所改變，小扇也有所改變？

「羽川居然是抱著這種心情離開……我明明是朋友，卻完全不去了解她。」

「如果因為是朋友就全被看透，那個大奶學姊也不願意吧。因為她隱藏、保留了很多祕密。老倉學姊也一樣，她離開這座城鎮的時候，應該不希望『想和阿良良木同學相處得更好』這份想法被看透吧。」

「…………」

「人類時代的姬絲秀忒・雅賽蘿拉莉昂・刃下心；生前斧乃木余接的殘渣；阿良良木火憐對於『女生特質』的自卑感；沒能長大成人的八九寺真宵；千石撫子與神原駿河藏在內部的凶暴性質……這些都是已經忘記，或是想要忘記的東西吧。您將這種遺留下來的東西拿到『這一邊』，並且打造了『鏡之國』。就像是光線魔術那樣。如果我使用的是黑魔法，您使用的就是白魔法。」

小扇調侃說。原來如此，如果小扇是闇屬性，和她對立的我就是光屬性。不過，說我自己是光屬性簡直大言不慚，應該說我完全擔當不起。

「鏡子始終是觸媒喔，或許應該說觸發，總之只是契機。但也因為契機是鏡子，所以這個世界的風景受到影響而反轉。」

「既然不是我被捲入鏡之國，而是鏡之國被我捲入，那麼這可不是什麼悠哉的企劃。唔……所以斧乃木與老倉覺得世界不對勁，不是因為我這個異邦人造成負面影響，是因為世界不完整？」

「不是不完整，是過剩。您從鏡之國拉了百分之二十過來，所以這邊變成百分之一百二十，超過容量溢出了。哎，無論如何，她們之所以改變，和您接觸她們這件事沒什麼關係。所以如果您有那個意思，可以儘管和那位老倉學姊甜蜜恩愛下去。不過她和遠江小姐或黑羽川小姐一樣不是實體。」

小扇這麼說。那我就鬆一口氣了。應該說這麼一來，非得在老倉一個不小心回到這座城鎮之前，試圖收拾事態。

「要試圖收拾……那麼……可以復原吧？這個不合邏輯的世界，可以回復為符合邏輯的世界吧？」

「和『復原』不太一樣。是增加兩成——前進一步的感覺吧。雖然是暫時，但大家各自取回失去的東西，所以當然多少會留下影響喔。阿良良木學長造成的影響，反倒是這方面的影響。例如神原學姊接下來這段時間，或許會夢見遠江小姐？大概是這種程度。」

「……我可以認定僅止於這種程度嗎？」

我完全不知道小扇是在安慰我還是賣我關子……不過，我只是對大家造成困擾，並沒有造成損害，總之我對此鬆了口氣。

忍不惜捨身成為幼女換來的無害認定，要是因為我而取消，我將會完全對不起她。

「哈哈！應該說，這成為很好的案例吧？」

「案例？什麼案例？」

「阿良良木學長不是愚蠢地拯救了本應被『闇』吸收的我嗎？雖然叔叔支持這個想法，但是專家們可不是全部舉雙手贊成。希望我這種危險分子消失的大人物肯定不算少吧。順帶一提，我也這麼希望喔。」

小扇自虐地說。她講話經常謙虛客氣，但這番話聽起來真的只是自虐。

「不過，這次我像這樣成為您的安全裝置發揮作用。也就是說，阿良良木學長創造出我是有意義的。無害認定反倒會因而更加確定吧。不過監視層級或許會稍微提升。」

「…………」

監視層級啊。

不過，借住我家的只要有斧乃木就很夠了。

「當然……要是這樣扔著現狀不管，專家們將會全力消滅我們。臥煙小姐也終究會下定決心，前來和自己的姊姊對決吧。要這麼做嗎？我認為乾脆這麼做，永遠住在這個不合邏輯的世界也不錯。」

「別引誘我做奇怪的事情好嗎……我不可能想要這樣吧？我想趕快回去……不對，不應該這麼說，因為我已經回來了。我想想……」

該怎麼說？

要把我拉過來的這兩成光線放回鏡子裡嗎？要怎麼做才能這樣？到頭來，我甚至不知道之前是怎麼拉過來的……

「應該說……我想趕快前進？」

「哈哈！所以我才會在這裡喔。如同我的爛攤子由阿良良木學長來收拾，阿良良木學長的爛攤子也由我來收拾。」

「我覺得這份安保條約不太公平……」

不對，不能一概而論。

說真的，這次事件即使變得慘不忍睹也不奇怪。雖然小扇與忍都說過這是幻象，但是長期持續照射的光線會烙印在螢幕。

如果我接受小扇剛才的引誘，這個世界真的可能永遠存在吧。

小扇在千鈞一髮之際阻止這個結果，我在她面前暫時抬不起頭了。還以為她早早就要報復，但我錯了，她早早進行的是報恩。

從報復翻轉而成的報恩。

我這說法稱不上高明就是了。

「那個，請等我一下，我現在拿出來。」

小扇說著將手伸進制服摸索，取出一張裸片ＢＤ。這種東西為什麼沒裝入盒子就放進學生服內側？刮傷的話怎麼辦？我原本是這麼想的，但我誤會了，這不是BD。

因為，這片物體黑漆漆的。

如同闇夜般漆黑。如果是BD，至少有一面是如同照鏡子的銀色吧。

小扇拿著邊緣避免留下指紋，約手心大的這個碟狀物體，兩面都是彷彿會吸入一切的黑色。

「我想想……記得PS1的遊戲片，大概就長這樣……？」

「您真清楚。不過這不是PS1的軟體喔。如果您堅持的話，我家有PSX可以給您玩，不過這個裝不進去。因為……」

小扇說到這裡，以側投的動作，將這片物體當成飛盤射過來。距離這麼近，不要用這麼難接的投法好嗎？我又不是狗……如此心想的我以身體當牆壁，勉強接住這個物體。

「您看。」

小扇說。我立刻就知道她的意思。

這片物體中央沒有洞，這樣應該無法裝進遊樂器。

彷彿刊登在數學課本的完美圓形。而且如果是電玩軟體，即使漆黑應該也會多少照出東西，但這片圓盤沒有。

沒照出任何東西到過剩的程度。

像是刷上油漆般完全塗黑。

彷彿吸收所有光線的——黑暗。

「…………」

我戰戰兢兢，像是當成爆裂物般，將這個黑色物體還給小扇。

「用不著嚇成這樣就是了……」小扇說著接過圓盤高舉。「這是反射率百分之零——吸收率百分之百的鏡子。」

她說。

……鏡子？

鏡子會這麼黑？

不對，所以說是反射率百分之零嗎？

「被關在教室裡很閒，所以這種程度的作品，我拿手邊現成的東西，也就是那邊的黑板製作完成。」

「黑板？」

我轉頭一看……仔細一看，黑板邊角缺了一塊。我不知道她用什麼工具以及什麼技術將黑板製作成圓盤……但是她的ＤＩＹ令我佩服。

我所固定的這間幽靈教室——一年三班的其中一部分，沒想到居然以這種形式傳承下去……就像是甲子園的泥土那樣？

「哎，說得也是。靈驗程度大概和甲子園的泥土差不多喔。阿良良木學長，您接下來預定到北白蛇神社參拜吧？既然這樣，請把這個供奉在神社吧。這就是所謂的神具。」

「神具……」

這麼說來，我聽過自古以來，鏡子會被當成映出真實的神聖器具。不只是當成神具，有時候甚至當成神來供奉。

小扇手工製造的那面鏡子——黑鏡，也是當成這種道具嗎？

「算是慶祝八九寺小妹就任成為神吧。巧立名目被拱為神的她，終究無法好好處理本次事件的樣子，不過到頭來，如果要講道理，她才應該以城鎮守護神的身分治理一切，而不是由我來，所以這次就將功勞讓給那孩子吧。」

「……把這面鏡子放在城鎮中心的那座神社，會發生什麼事？既然反射率是零，那麼不只是照不出任何東西……光線也會被吸收吧？」

「所以說，由阿良良木學長引導來到這裡，本應遺失的那兩成光線，必須吸進這面鏡子喔。這些遺憾原本應該朦朧消失，不過收容這些遺憾也是神的工作吧……畢竟北白蛇神社是吸引怪異素材的氣袋，在生死郎先生過世的現在，應該也需要吸收這種雜念的輔助工具吧。」

確實。

八九寺是順其自然，順水推舟就成為神，要將平定一座城鎮的任務交給她一個人也太沉重了。在過於順利的整合邏輯過程中，若要說可能出現什麼破綻或是令人擔心的事，就是這個問題。

臥煙當然也會輔助吧，但她也無法一直只關心這座城鎮……所以這種神具，應該說這種犯規的道具，八九寺持有一個也沒關係吧。

「知道了。那我拿去供奉吧。」

「麻煩您了。順帶一提，這面鏡子變成雪白的話就該換了。」

「這種像是濾網的東西……大約可以使用多久？」

「一般來說是數百年……不過畢竟這座城鎮比較特殊，曾經遭受傳說的吸血鬼來襲，現在又有阿良良木學長坐鎮在這裡……或許意外撐不了幾個月。」

「……真是危言聳聽。」

這次我小心翼翼接過她慎重遞出的黑鏡。既然這樣，果然不是只要供奉這東西就能毫無後顧之憂，我最好經常造訪北白蛇神社……我如此心想。

……嗯？

「哎呀？阿良良木學長，怎麼了？」

在遞交過程中，構圖成為我與小扇一起拿著鏡子的這時候——雖然反射率是百分之零，總之隔著鏡子，隔著分不清表裡的黑鏡，我與小扇面對面的這時候，我再度冒出疑問。

等一下。

小扇講得滔滔不絕，我不禁以為所有的謎都解開，連善後方法都規劃周全，卻唯獨有個重要的問題不了了之。

我已經知道我在那個時候，從鏡子的另一側掬起遺失的百分之二十，不過到頭來，我為什麼做出這種事？原因依然不明。

拯救逐漸消滅的悲哀遺憾，在這個世界顯現……這麼講很好聽，但我可沒有抱持這種崇高的志願。

因為到頭來，反射率之類的知識，我是直到老倉（的殘留思念？）教我才知道的。

是的，我昨天早上朝鏡面伸手，是因為覺得鏡子裡的我怪怪的。

因為鏡子映出來的我靜止了。

「……和浮在水面的我不一樣，那個不是小扇惡作劇吧？那麼，究竟……」

「這種程度的問題，請您自己想吧。請您思考之後反省吧。」

「這果然是必須反省的事嗎？」

「嗯，算是吧。請痛定思過吧……雖然這麼說，但是這時候想太多也會走回頭路，所以我就仿效先人，至少給您一個提示吧。」

小扇說著放開黑鏡。

然後，她這麼說。

「您究竟是誰？」

喂喂喂，要我說那句話嗎？我不禁板起臉，但她既然這麼開頭，我就不得不那麼回應。即使是悠哉的企劃，至少在最後要好好作結吧。

所以，我回答了。

注視著漆黑的鏡子回答。

「我是阿良良木曆，如你所見的男人。」

然後，我理解了。

原來如此。

原來，那是我遺留下來的心。

033

接下來是後續，這次應該說是現在進行式？

總之隔天早上，我不是被兩個妹妹——火憐與月火叫醒，而是自己起床。嚴格來說是承蒙鬧鐘相助，但這種程度應該在容許範圍吧。

我當然是自己住一個房間，沒有青梅竹馬的同居人。和高個子妹妹與完全一如往常的妹妹擦身而過，掀了掀面無表情人偶的裙子，做好出門準備，到洗臉台照鏡子整理髮型進行最後收尾時，門鈴響了。

是戰場原黑儀。和約定的時間分秒不差。

她戴的該不會不是手錶，而是馬表吧？

總之，我隨著「那麼，我出門了」這聲問候，從玄關走到戶外。

「曆，早安。」

在門外朝我揮手的黑儀，居然綁雙馬尾。

我滑倒了。

在滑倒的時候說明詳細一點，戰場原黑儀綁雙馬尾穿迷你裙，莫名強調身體曲線的小尺寸T恤外面加一條披肩。

感覺像是落入凡間的仙女。

天啊，又有哪裡的次元扭曲了嗎？我冒出這股危機意識。

「一直追隨羽川同學的腳步也只會徒增悲哀，所以我下定決心試著改變形象。怎麼樣？行嗎？」

她這麼說。

若問我行不行，我覺得不行，而且為什麼剛從高中畢業，服裝品味就變得有點孩子氣？

「不是女高中生的現在，『成熟』不再是稱讚，所以我試著裝年輕。」

這是我問到的回答。看來高中畢業之後，黑儀也有自己的想法。雖然想質疑她在想什麼，不過就女生看來，這或許是很嚴肅的問題。

「可是黑儀，裙子會不會太短？妳的腿修長到有剩，這樣感覺很嗆耶？我這個男友會擔心耶？」

「說我嗆也太沒禮貌了。放心，這看起來像裙子，其實是短褲圍一塊布的短裙風格設計。想穿可愛的裙子卻不想走光，這件衣服漂亮回應了淑女們的這個願望。」

「有這種衣服啊……」

盡是我不知道的事。

看來不能只因為穿過小扇的裙子就滿足。

「就像是慢跑用的裙子吧。不過，這樣改變形象挺不錯的。」

「呵呵。總之，想到我的心情應該會在你考上大學的時候達到頂點，要我穿得更清涼也行喔。」

「那我落榜的時候不就變成地獄了？」

總之，我們一見面就聊這個話題暖場，然後出發。目的地是戰場原黑儀早一步確定合格的大學，也就是我的第一志願。

這個說法其實反了，正確來說是戰場原黑儀的第一志願，我為了和她同校而報考這所大學……不過正反這種東西是可以輕易翻轉的。如果今天大學謝絕我就讀，我就會被修理到翻過來了。

「所以……」

前往公車站牌的路上，黑儀一邊走一邊問我。

「曆，這次是什麼狀況？不介意的話，我可以當聽眾喔。說出來一定可以舒坦些吧。」

「……雖然絕對不吃香，但妳找到一個不錯的角色定位耶。」

比老倉她們機靈多了。

總有一天，我也希望自己的立場就像這樣，只要躲在安全圈聽別人講怪異奇譚就好。

「還好啦，我的目標是《神探可倫坡》家裡的太太。」

「這定位也太棒了吧？」

決定再也不做危險事情的名人堂巨星？雖然這麼說，但可倫坡的太太曾經遭遇生命危險一次。

「雖然這座城鎮的神讓給八九寺小妹擔任，不過你太太的角色，我可不能退讓。」

「這番話聽起來很窩心，但沒想到妳曾經想當神啊……」

這是令我戰慄無比的事實。

總之，我將這兩天的經歷大致告訴黑儀。不用說，她在這兩天也體驗了那個世界，不過依照我向火憐、月火與斧乃木打聽的情報，大家在這方面的認知似乎都很模糊。

明明整座城鎮洋溢光芒，打造出令人誤認是異世界的混沌，卻沒有任何人詫異，大家就這麼不知不覺度過這兩天，然後面對今天的到來——而且比昨天樂觀積極一點點。

不愧是有條有理的世界觀，這部分的邏輯似乎適度整合了。

或許如小扇所說，這都是心態上的問題，但我難免覺得這樣反而隨便。

因此，我這個當事人也有一些沒能整理的部分，不過現在告訴黑儀之後確實舒坦了些。

「辛苦你了。」

黑儀聽完，在露出笑容的同時拍手。雖說是拍手，卻是在頭部左上方拍響手心兩次，很像西班牙舞的動作。

或者應該說是忍者。

「這段怪異奇譚聽起來挺過癮的。但美中不足的地方是勸世色彩有點強烈，大概因為這是高中畢業之後面臨的第一個事件，所以你比較好強吧。」

「沒什麼勸世色彩。結束之後就覺得簡直是一齣天大的鬧劇。」

「曆這種踩在劈腿界線強勢進攻的感覺，我絕對不討厭。今後要像這樣繼續讓我提心吊膽喔。」

「妳到底是什麼樣的女生啊……我才要對妳提心吊膽。而且我這番話的論點不在這裡……妳真的在聽嗎？」

「那當然，我可不會聽漏你的每字每句。你真的也比一年前成長許多耶。雖說找人幫忙，雖說找了女性們幫忙，但你實際上算是一個人解決這個事件吧？」

「不算是一個人啦……」

小扇該怎麼算？

畢竟她是搭檔，是我本人。

總之，即使不提這個，也都是託大家的福。

「又在謙虛。你成長了喔。今後我可以叫你『爸爸』嗎？」

「開什麼玩笑，這是哪門子的成長？」

「鏡子的影像明明左右相反，上下卻沒有相反。不是有人會這麼問嗎？」

黑儀說。

說到界線，關於換話題時的界線，她還是一樣拿捏得很完美。

「啊啊，嗯……妳是說只要把鏡子放在地板，人再站在鏡子上，那麼上下也會相反對吧？」

「嗯。換句話說，上下左右只是觀看方式的問題。不過，不覺得觀看方式也有令人摸不著頭緒的地方嗎？我想你的理科知識還沒還給老師，人類的視覺機制是眼球成為透鏡，接收光線時的成像是倒映在視網膜對吧？」

「啊啊……嗯。」

聽她這麼說，我就想起來了。這不是考大學吸收的知識，是小學或國中學到的人體生理知識。不過這裡的鏡子是透鏡。

「所以？」

「沒有啦，我只是基於孩童心態覺得奇怪。明明成像倒映在視網膜，景色看起來為什麼沒有上下相反？」

「啊啊，我想想……」

呃……？這是為什麼？

我記得不是在課本，而是在雜學書看過……「上下」和「左右」同樣都是相對的要素，所以即使看起來相反，大腦也會擅自調整……是這樣嗎？

「總歸來說，就是習慣的問題吧？曆，你不是因為崇拜左撇子，所以曾經把手錶戴在右手，還練習用左手寫字吧？」

我個人希望這段往事包括在百分之二十裡面……但我至今還是把手錶戴在右手。

現在已經成為怪癖了。

不是怪癖，是習慣？

「所以到頭來，事情的開端是什麼？雖然有點抽象所以不好懂，不過你在鏡子裡的影像為什麼靜止了？」

「所以說，就是遺憾。是遺憾的象徵。是高中畢業，失去頭銜，準備邁向下一階段的我，想要遺留下來的我自己。」

「………」

「總歸來說，是我想留在昨天的牽掛。我因為捨不得，所以忍不住伸手。說什麼想要拯救失去的兩成，這終究是結果，只是副產物，當時我看見久違映在鏡子裡的自己，我想做的只是試著回憶快要忘記的某些東西。」

除此之外的一切，都是被殃及的無辜。

被我為了自己所做的事情殃及。

小扇說得沒錯，我應該痛定思過。

我的感傷，我對鏡面世界的干涉，居然害得整座城鎮配合我整整兩天。

「也對。不過，大家不是挺快樂的嗎？反正又沒有生命危險。」

黑儀隨口說。很難說她真的認知到事態多麼嚴重。

不愧是不負責任的觀眾。

「人光是走在路上和別人擦身而過，就會對周圍造成影響，所以太在意也沒用。我活到現在也為別人造成不少困擾，但我相信大家肯定在克服我造成的困擾之後，成長為更優秀的人。」

「天底下哪有這麼任性的說法？」

「我相信總有一天，他們會說我當時造成的困擾，造就了現在的他們。」

「講出這種話就輸了吧？」

「大家意外地堅強喔。」

黑儀這麼說。

「一切都『翻轉』……我非常好奇自己在這種世界觀變成什麼樣子。」

她提到的這件事，老實說，我也非常好奇。

「唔～～到最後還是沒遇見。總之，別知道比較好吧。」

「見個面明明沒關係的。很高興你這麼貼心，但我希望你對我稍微粗枝大葉一點。這是奢侈的煩惱嗎……不過，具體來說，你的遺憾是什麼？完成了嗎？」

「小扇說，就是因為完成了，事態才得以收拾。正因如此，小扇才能製作出黑鏡……但我也不知道我的遺憾是什麼。」

「咦？是嗎？」

「嗯……所以才是我『遺忘的東西』。我在疑似『鏡之國』經歷的事件，其中一項應該就是我的遺憾。也可能有好幾項就是了。」

小扇說，那些事件是她們的遺憾，同時也是我的遺憾。

是她們的百分之二十，是我的百分之二十。

是已經遺失、遺留下來的心情。

或許，我想為昔日嘲笑火憐穿裙子的這件事道歉；我曾經叫斧乃木攻擊手折正弦，即使當時的正弦是人偶，我內心的後悔心情或許未曾消失；沒能拯救八九寺，又將她拱為神明；沒能在就讀高中的期間，處理神原左手的問題；沒能更早對老倉伸出援手；千石的事情就不用說了；還有我將忍束縛在影子這件事。

一年三班的事情也是。

除此之外還有各種遺憾，不計其數。

我很難說自己是以舒暢的心情畢業。其實我不能說自己完成了這些遺憾吧。

我只是回想起來，勇於面對罷了。

……做到這種程度，大概就夠了。

畢竟我無法全數背負，也不能帶走。

我不是羽川或老倉，但旅行的行囊應該減輕到極限。

因為載運的貨車容量有限。

不過，如果只是偶爾回想起來，應該沒關係吧？

「對……沒錯。總之，殘心殘心，殘留自己的心。效法漢賽爾與葛麗特，在行經的道路一點一滴留下自己的心，在懷念回顧的時候或許很方便。」

「『殘心』應該不是這個意思吧……不，有這個意思或許也不錯。」

「可是既然不知道，我就很好奇了。你的遺憾是什麼？大家認知出現偏差時的阿良良木曆形象或許是線索。理想的阿良良木曆，以及鏡像的阿良良木曆……沒有啦。如果你的遺憾是沒能和神原的母親一起洗澡，我就不能綁這種幼稚的雙馬尾了。」

「放心，應該不是這個……而且，我只有一件事敢斷言。」

我伸手繞到走在身旁的黑儀肩膀，用力將她摟過來。

「關於妳，我沒有任何遺憾。因為今後也會永遠和妳在一起。」

「……這種話等看完榜單再說吧。要是落榜就要各奔東西了。」

黑儀講得很現實，應該說講得很殘忍，卻沒有甩掉我的手。我鼓起很大的勇氣才做出這個行為，所以基於這一點，我鬆了口氣。

說著，我們不知不覺走好遠了。再過一條馬路，就是我們要去的公車站牌。那裡當然不是目的地，始終是中途點，我們接下來還要搭電車，繼續走路，爬階梯，過天橋，搭電梯，搭手扶梯，然後繼續走路才行。

「這麼說來……三方相剋是八九寺小妹成為神的理由之一，但是原本的三方相剋不是蛞蝓，是蜈蚣。」

遇到紅燈，所以我們並肩停下腳步時，黑儀這麼說。

「蜈蚣？是這樣嗎？」

「嗯，我忘記原因了，不過一開始是青蛙、蛇與蜈蚣三方相剋，時代變遷才變成青蛙、蛇與蛞蝓……總之，說到蛇會怕的生物，或許是很多腳的蜈蚣吧。」

嗯……

很多腳的蜈蚣，專剋沒有腳的蛇是吧？

我可以理解。

「不過，無論是蛇、青蛙、蛞蝓還是蜈蚣，我看到應該都會卻步吧。」

「真的嗎?妳看起來好像不太怕這種東西。」

「我是女生耶?」

黑儀調皮地抓起兩邊馬尾動啊動的。

挺可愛的嘛……

話說回來,說到卻步,又說到蜈蚣的話……

「雖然只是偶爾,不過從很久以前,只要我像這樣在路口等紅綠燈……」

我說。

「變成綠燈的時候,我偶爾會不知道要先踏出哪隻腳。第一步是右腳?還是左腳?乾脆當成某種魔咒,固定先踏出哪隻腳就好了。」

一旦思考就會猶豫。

或許有人會說這是我想太多,趕快踏出腳步就好,不過從另一方面來說,如果我做得到就不會這麼辛苦了。想太多不會蹦出新構想。雖然至今被這麼百般叮嚀過,但是人類不可能不思考。

即使大腦知道必須前進,腳也不知道。

真的就像是畏縮不前,像是卻步。

如同忘記怎麼爬行的蜈蚣陷入混亂，連一步都踏不出去。

即使知道命運不會被這種事情左右，依然變得左右不分。

不是殘留心，而是殘留身體。

「什麼嘛，是這種事啊。」

黑儀說完哈哈大笑。

她昔日不會這樣快活大笑，然而現在不用說，她是個開朗活潑的女生。

「如果不知道要從左腳還是右腳開始前進，這麼做不就好了？」

確認變成綠燈，並且確認左右兩側安全之後，戰場原黑儀暫時壓低重心。

「嘿！」

然後雙腳一起往前跳。

不是袋鼠，是青蛙。

摟著她肩膀的我，被曾經是田徑社的強韌腿力一拉，為了避免被留在原地而連忙前進。以增加兩成的速度前進，朝著光芒照耀的方向飛躍。

一直持續至今的物語就此終結。

我們回憶往事，放下遺憾。

留下餘韻與空白。

縱身一躍，邁向下一部物語。

後記

思考至今人生當中「做過的事」與「沒做過的事」的比例，後者應該是壓倒性地多，不過想想也是理所當然，「正在做某件事的時候」，到頭來就是「沒在做其他所有事的時候」。進一步來說，「正在努力的時候」就是「偷懶沒做其他所有事的時候」。閱讀偉人的傳記，經常會對於天才們超脫常軌的努力感到啞口無言，不過仔細想想，就不得不認為他們輕視了自己人生的一大部分。也就是說，到頭來還是無法一切都做，非得放棄某些事物嗎？選擇某個幸福，就是犧牲其他的幸福——幸福的反義詞不是不幸，而是其他的幸福。是這樣嗎？覺得「大功告成！」的時候，往往也失去許多重要的東西，久而久之，事物就進展到無法挽回的位置，再也無法回頭。就算這麼說，各種事情都一點一點慢慢做也不實際，而且這樣做不出什麼成果。但俗話也說「一流之路無處不通」，只要鑽研某條路到爐火純青，也可以運用到其他領域，所以「做某件事」當然比「不做任何事」好得多。可是這麼一來，「做」和「做到」的差別也很明顯，所以「做過的事」如果和「沒做到的事」畫上等號，那就挺難受的。如果愈是做某件事會招致後悔或反省愈多，老實說挺令人憂鬱的，但是「早知道那時候該那麼做」的心情，感覺會意外成為下次成功的基礎。

總之，本書是《物語》系列的附錄篇。催淚的一集。本系列實質的最後一集是前作《終物語（下）》，所以這次以閱讀的原點為目標，試著寫出「可讀可不讀」的一集，使得內容充滿各種不容忽視的矛盾。不用思考伏筆如何回收的世界觀，就某方面來說我寫得很愉快，不過老是這樣就麻煩了。就這樣，本書是依依不捨的一集——《續·終物語　最終話：曆·反轉》。啊啊，這麼說來，雖然這時候才說，不過副標題換了。因為回想起來，〈曆·書〉怎麼想都是《曆物語》的副標題。

封面是看起來很幸福的老倉育。可愛！這是相當強硬闖關成功的點子，不過VOFAN老師繪製出漂亮的成品，感激不盡。《物語》系列總共十八集，閱讀到這一集的各位讀者，也請容我致上最大的謝意。各位願意閱讀可讀可不讀的這本書，是令我最開心的一件事。

大家辛苦了！

西尾維新

作者介紹

西尾維新 (NISIO ISIN)

1981 年出生，以第 23 屆梅菲斯特獎得獎作品《斬首循環》開始的《戲言》系列於 2005 年完結，近期作品有《終物語（上）（中）（下）》、《悲業傳》、《lipogram！》等等。

Illustration

VOFAN

1980 年出生，代表作品為詩畫集《Colorful Dreams》系列，在臺灣版《電玩通》擔任封面繪製。2005 年冬季由《FAUST Vol.6》在日本出道，2006 年起為本作品《物語》系列繪製封面與插圖。

譯者

哈泥蛙

專職譯者。本系列就此結束，但我們的戰鬥現在才開始！

書盒子

續・終物語

（原名：続・終物語）

作者／西尾維新　插畫／VOFAN　譯者／張鈞堯
執行長／陳君平　榮譽發行人／黃鎮隆
協理／洪琇菁　國際版權／黃令歡、梁名儀
執行編輯／呂尚燁　美術編輯／李政儀
企劃宣傳／楊玉如、洪國瑋、施語宸
出版／城邦文化事業股份有限公司　尖端出版
台北市中山區民生東路二段一四一號十樓
電話：（〇二）二五〇〇七六〇〇　傳真：（〇二）二五〇〇二六八三
E-mail：7novels@mail2.spp.com.tw
發行／英屬蓋曼群島商家庭傳媒股份有限公司城邦分公司　尖端出版
台北市中山區民生東路二段一四一號十樓
電話：（〇二）二五〇〇—七六〇〇（代表號）
傳真：（〇二）二五〇〇—一九七九
中彰投以北經銷／楨彥有限公司
（含宜花東）
電話：（〇二）八九一九—三三六九
傳真：（〇二）八九一四—五五二四
雲嘉經銷／智豐圖書股份有限公司　嘉義公司
電話：（〇五）二三三—三八五二
傳真：（〇五）二三三—三八六三
南部經銷／智豐圖書股份有限公司　高雄公司
電話：（〇七）三七三—〇〇七九
傳真：（〇七）三七三—〇〇八七
一代匯集／香港九龍旺角塘尾道六十四號龍駒企業大廈十樓B&D室
電話：（八五二）二七八三—八一〇二
傳真：（八五二）二七八二—一五二九
馬新經銷／城邦（馬新）出版集團　Cite(M)Sdn Bhd.
E-mail：Cite@cite.com.my
法律顧問／王子文律師　元禾法律事務所
台北市羅斯福路三段三十七號十五樓
二〇一七年十一月一版一刷
二〇二二年八月一版四刷

■中文版■

郵購注意事項：
1. 填妥劃撥單資料：帳號：50003021戶名：英屬蓋曼群島商家庭傳媒(股)公司城邦分公司。2. 通信欄內註明訂購書名與冊數。3. 劃撥金額低於500元，請加附掛號郵資50元。如劃撥日起 10～14日，仍未收到書時，請洽劃撥組。劃撥專線TEL：(03) 312-4212 ・ FAX：(03) 322-4621。E-mail：marketing@spp.com.tw

國家圖書館出版品預行編目資料

續・終物語 / 西尾維新 著 ; 哈泥蛙譯 . --初版.
--臺北市：尖端出版, 2017.11
面 ; 公分.--(書盒子)
譯自: 続.終物語
ISBN 978-957-10-7806-9(平裝)

861.57　　106017410